박해로

오컬트
포크 호러

박해로
오컬트 포크 호러

초판 1쇄 발행 | 2024년 9월 4일

지은이 | 박해로
펴낸이 | 박영욱
펴낸곳 | 북오션

주　소 | 서울시 마포구 월드컵로 14길 62 북오션빌딩
이메일 | bookocean@naver.com
네이버포스트 | post.naver.com/bookocean
페이스북 | facebook.com/bookocean.book
인스타그램 | instagram.com/bookocean777
유튜브 | 쏠쏠TV·쏠쏠라이프TV
전　화 | 편집문의: 02-325-9172　　영업문의: 02-322-6709
팩　스 | 02-3143-3964

출판신고번호 | 제 2007-000197호

ISBN 978-89-6799-838-7 (03810)

박해로
지음

박해로
오컬트
포크 호러

Bookocean

차례

박해로

오컬트 포크 호러

수낭면에 가면
수낭법을 따르라

지금은 폐교되고 없지만, 1986년 섭주 수낭면에 위치한 수낭 국민학교는 전교생이 50명을 약간 넘은 전형적인 시골 학교였다. 이상식 선생은 당시 수낭 국민학교에 갓 발령받은 총각 선생이었다. 이 선생은 음주운전을 항상 조심하라던 주변 사람의 경고를 무시했다가 단 1년의 근무 기간도 채우지 못한 채 비명횡사하고 말았는데, 시신을 발견한 사람들은 그 죽음에서 단순한 음주 사고로는 설명 못 할 어떤 초현실성을 보았다. 쉬쉬했던 과거사와 연관된 그 초현실성이야말로 수낭 국민학교가 일찍 폐교를 맞이한 중요한 원인이 되었다.

당시 26세로 부모님과 살던 이상식 선생의 자택은 섭주군 소재지에 있었다. 자동차가 흔하지 않던 시절이라 선생은 군에서 약 15킬로미터 떨어진 수낭면까지 스쿠터로 출퇴근했다. 〈별궁다방〉스티커가 고스란히 붙은 이 스쿠터는 다방 아가씨들이 커피 배달 용도로 사용했던 이동 수단을 폐업에 들어간 업주가 헐값에 매각한 것인데, 매수자가 바로 이상식 선생이었다. 선생은 가공할만한 절약 정신을 내세웠던 구두쇠로, 독립된 내 집 마련을 위해 스쿠터 아닌 자전거로라도 출퇴근할 정신무장이 확립된 인물이었다. 하지만 절약 정신만큼이나 부모를 향한 효도도 가공할만해 폭우나 폭설 같은 천재지변이 일어나도 기어이 이 스쿠터를 타고 퇴근했다. 말하자면 그는 외박을 전혀 하지 않는 남자였다.

성실하고 가정적인 이상식에게도 두 가지 단점이 있었다. 첫째는 술을 지독하게 좋아한다는 점, 둘째는 술을 마시고도 운전한다는 점이었다. 밭에서 일하던 농부, 자전거 페달 밟다가 느닷없이 추월당한 집배원, 수낭면 장거리 운전 택시 기사들은 술이 얼큰해 홍수철의 〈철없던 사랑〉을 부르며 S자를 그리는 스쿠터 운전자를 한두 번 본 게 아니었다. 맨정신으로도 운전에 집중해야 할 자갈투성이 비포장도로엔 한길에서 튀어나오는 짐승, 앞만 보고 달리는 경운기, 부자유스런 동작의 노인 등 돌발요소가 널렸다. 한 번도 사고가 나지 않은 게 기적이었다. 자택 마당에 도착해 시동을 끈 뒤 술 냄새 풍기며 부모님께 꾸벅 인사하는 이 선생의 행동은 사실 효도가 아니라 불효였다. 부모는 야단도 치고 달래기도 하고 스쿠터도 팔아버리려 했지만 통하지 않았다. 설상가상으로 수낭면에 하숙집을 구해주겠다는 권고도 받아들여지지 않았다. 즉, 아닌 척해도 이상식 선생은 음주운전에 어떤 쾌감을 느꼈던 것인데, 이야말로 악마의 유혹 안으로 자청해 들어가 악마를 부르는 행위나 다름없었다.

이런 악습관은 교장선생에게도 크나큰 걱정거리였다. 사고가 나면 기관장으로서 연좌제 문책을 당할 판인데 이미 수낭면민, 지서 직원, 이상식의 부모로부터 음주운전을 막아달라는 호소가 끊이질 않았다. 교장은 쌓이고 쌓이는 호소를 이렇게 해석했다.

"그놈 음주운전으로 사고 치면 당신도 같이 책임져야 해!"

불안을 견디다 못한 교장은 이상식을 불러 선전포고를 했다. 앞으로 수낭에서 술을 마시면 스쿠터 열쇠를 반납하고 내가 보는 앞에서 버스를 타고 귀가하든지, 아니면 수낭에 사는 다른 선생 집에서 자고 가든지 둘 중 택일하라고. 이상식은 거세게 반발했지만 교장이 교육청에 "네 음주 습관을 정식으로 보고하겠다"고 하자 꼬리를 내렸다.

"진작 그럴 일이지. 수낭다방 미스 리, 너 그러다 진짜 죽어 임마."

교장이 스쿠터 열쇠를 손가락으로 탁 튕겼다. 이상식은 교장이 지어준 별명이 별로 맘에 들지 않았다.

그해 6월 13일은 회식이 있는 날이었다. 회식은 운동장 한켠에서 학생들이 하교한 후 개최될 예정이었다. 하루 전, 1학년 담임 김인택 선생이 꿩을 열여섯 마리나 잡았다며 그중 여섯 마리를 기증하겠다는 폭탄 발언을 했고, 술꾼 선생들은 이에 호응해 만세를 불렀다. 잔치를 어떻게 진행할지 잔뜩 부푼 분위기 속에서 어떤 선생은 수업을 한 시간 줄이자는 의견까지 내놓았다.

일명 '백가이버'로 통하는 학교 소사[1] 백규성 씨는 자격증 없이도 복어 독을 제거할 수 있는 숨은 고수였다. 어류 아닌 조류에도 생활 고수의 실력은 입증되었다. 싸이나[2] 넣은 콩을 쪼아먹다가

---

1. 80년대 학교나 관공서 등지에서 잡무와 시설관리를 담당한 사람을 이르는 말

죽은 꿩의 내장을 말끔히 제거한 백가이버는 털을 뽑은 후 깨끗한 생꿩만 옻나무 넣은 솥에다 푹 삶았다. 단축 수업을 통보받은 아이들이 코를 킁킁거리며 하교하는 사이 다른 교사들은 근엄함도 벗어던지고 술과 밑반찬을 공수해왔다. 교장을 비롯한 남자 교사 여섯에 백가이버까지 합한 일곱 명이 그날의 멤버였다.

꿩백숙에 소주 맥주까지 박스로 운반되자 이상식은 이성을 잃었다. 교장에게 기꺼이 스쿠터 열쇠를 맡긴 후 회식 자리에 끼어들었지만 사실 그의 주머니에는 예비열쇠가 하나 더 있었다.

바야흐로 오후 네 시, 꿩 다리를 물어뜯고 술잔이 깨지도록 부딪치는 술판이 거나하게 벌어졌다. 술이 주는 기쁨에 취한 이상식은 8시 버스를 전혀 염두에 두지 않았다. 섭주군과 수낭면 사이를 오가는 버스는 하루에 단 세 번 운행되는데, 8시 차가 막차였다. 언제나 그랬듯 이상식은 모두가 안 볼 때 스쿠터를 몰고 귀가할 생각이었다.

---

2. 사이안화칼륨(청산가리)

3

"학교 옆에 폐가하고 화장실 있잖아요?"

이상식이 후문 바깥쪽에 붙은 단체용 화장실과 그 옆에 세워진 서양식 저택을 가리켰다. 둘 다 버려진 건물이었는데, 유령 출현의 자격증을 보유한 듯 흉물스런 외양을 과시했다. 화재가 났는지 원래 화이트 일색이었던 서양식 저택은 검게 그을린 상태였다. 관리 없이 방치된 지 최소 5년은 넘어 보였다. 수낭 국민학교와 폐가 사이에는 철조망 쳐진 담이 버티고 있었는데 화장실은 저택과 더불어 담 안쪽에 있었다. 애매한 위치는 마치 폐가의 소유주가 강제로 학교 화장실을 빼앗은 후 담을 친 것 같은 형상이었다. 담벼락 한 곳에는 빗장 달린 철문이 있었다. 허락받고 들어오라는 통행문처럼 화장실로 들어가는 입구였다.

"저 화장실은 아무리 봐도 수낭 국민학교용인데 왜 저 폐가하고 붙어있는 거죠? 저 집도 저렇게 큰 화장실은 필요없을 텐데요?"

"네가 여기 온 지 얼마 안 되니까 잘 모르는구나."

교장이 꿩 국물을 후루룩 마시고 입을 닦았다.

"원래 저 화장실은 이 학교 부속 건물이었다. 들어가면 한 건물 안에 구획이 둘이지. 왼쪽이 남학생용, 오른쪽이 여학생용. 소변기가 따로 없는 대신 왼쪽 오른쪽으로 똑같은 푸세식 변소가 다섯 개씩 모두 열 개 있어. 근데 허락받고 사용해야 했지. 저 폐가 주인이 학교 화장실을 샀거든."

"화장실을 샀다고요? 이상한 사람도 다 있네."

"확실히 이상했지. 이곳 사람들이 저 폐가를 '아메리카 김 별장'이라고 불렀다지, 아마? 7, 8년 전쯤 수낭 국민학교 옆에 저 집을 지은 사람이 아메리카 김이었어. 성이 김씨라는 것밖에 모르겠는데, 미국에서 사업으로 성공한 재미교포였어. 조상들 고향인 수낭에 낙향해 동네를 둘러보다가, 저 화장실을 발견하더니 자기한테 팔라고 하더래. 대신 학교에는 더 좋은 화장실을 지어주겠다면서. 학교 측은 파는 건물이 아니라고 그랬는데 이 양반이 얼마나 집요한지 서울 교육청까지 빽을 동원해 저 화장실을 기어이 손아귀에 넣은 거야. 그 대신 학교에는 약속을 지켰어. 지금 교무실 옆에 있는 서양식 화장실이 바로 그 양반이 지어준 거야."

"아니, 무슨 미친 사람도 아니고 저런 푸세식 똥통을 그렇게나 원했대요?"

"똥돼지를 길렀거든."

"똥돼지요?"

"제주 흑돼지라 부르기도 하지."

교장이 화장실을 손가락으로 가리켰다.

"저 안에 변소가 열 개 있다 그랬잖아. 변소 하나당 한 평도 안 되는데, 그 아래 분뇨가 쌓이는 곳은 열 개가 아니라 하나로 붙은 큰 공간이야. 생각보다 깊이도 깊어. 열 명이 앉아 거름 싸대는 공간 밑에 거대한 돼지 사육장을 아메리카 김이 만들었다 이 말씀이지."

"똥돼지가 뭔데요?"

상주에서 온 4학년 담임 오유식 선생이 묻자 김인택이 바로 퉁을 주었다.

"시골에 안 살아봤구나. 사람 앉아 누는 똥통 밑에 돼지우리 있는 거 본 적 없나? 사람들이 위에서 볼일 보면 아래에 있는 돼지가 그걸 먹고 쑥쑥 자라는 거야. 좀 더럽게 생각할지 모르는데 일반 돼지하고 똥돼지하고는 맛이 차원이 틀려요. 제주도에선 똥돼지 농가가 아주 활성화되어 있고."

선생들한테 이야기꽃이 전달되자 신이 난 교장이 바통을 이어받았다.

"그래서 저 화장실이 아메리카 김한테 넘어간 거야. 아메리카 김은 화장실 아래 지하에 돼지우리를 만들고 지금 보이는 것처럼 지상 바깥에도 철조망 있는 담을 쳤어. 아무도 함부로 못 들어오게 쇠문짝을 붙이고 자물쇠를 달았지. 낮에만 개방해 학생들이 쓰게 해주고 하교 후엔 잠갔어. 자긴 거름을 거저 얻는 거니까 일석이조인 셈이었지. 어쨌든 그 사람은 나름대로 그 사업에 성공했나 봐. 몇 달 후 동네잔치에 쓰라고 돼지 한 마리를 내놓기도 했다니까. 이런 좁은 시골서 돼지 한 마리 잡으면 동네 사람이 다 먹고도 남잖아."

"귀농에 성공한 사람이군요. 이장이든 면장이든 완장 하나 채워주지 그랬어요?"

이상식의 질문에 교장이 고개를 저었다.

"그 사람은 개인적으론 동네 사람하고 전혀 가깝게 지내지 않았대. 이웃이 찾아와도 절대 자기 돈사를 보여주지 않았다는 거야. 사람들은 저 화장실 아래 낮은 지대에서 꿀꿀거리는 소리만 듣고 돌아가야 했지. 이게 상당히 이상한데, 밖에서 보이는 개방된 돈사가 아니라 한마디로 땅굴 속에 만든 돈사라 이 말이거든. 그 사람은 돼지를 잔치용으로 기증한 것 말고도 마을에 돈도 꽤 풀었어. 다 이유가 있었던 것 같아. '너희 사는 곳에 내가 낙향은 했으되 내 프라이버시는 건드리지 마라' 이거지. 동네 사람들은 처음엔 미국 살다 오면 다 그런가보다 하고 받아들였는데, 나중에는 그 사람을 굉장히 안 좋은 눈으로 봤대."

"왜요?"

선생들의 시선이 교장에게로 몰렸다. 수낭에 근무하면서도 선생들은 학교 옆 폐가에 대해 상세한 이야기를 듣긴 처음이었다. 사실 다흥시에서 수낭면으로 발령받은 교장 역시도 남에게서 들은 얘기를 옮기는 중이었다.

"전염병이 일어난 거야. 그 사람이 낙향하고 1년쯤 지났을 때 무슨 바이러스가 돌았는지 이 학교 학생들이 많이 죽어나갔대. 열병인지 정신병인지 고열로 시름시름 앓으면서 헛소리를 늘어놓다가 픽픽 쓰러져 죽은 거야. 열여덟 명이나 죽은 모양인데 학교 뒷산에 올라가 보면 그 애들 묻은 공동묘지도 볼 수 있어.

사람들은 땅굴 속 돼지농장이 진원지라 의심했어. 저 화장실을 쓴 아이들부터 죽어 나갔으니까. 아메리카 김은 아니라고 했지만 눈앞의 결과가 그러니 아니라고 볼 수도 없었지. 결국 섭주 보건소에서 조사단이 나왔어. 그들은 학교 옆 저지대에 땅굴을 파고 그 안에 똥돼지를 키우는 자를 의혹의 눈초리로 지켜보았지.

근데 당시 조사단한테 아메리카 김이 적대적으로 반응했나봐. 흉기를 휘둘렀다고 하거든. 누구는 낫을 들고 저항했다 하고, 누구는 창을 들고 저항했다 하고…. 그래서 조사단은 돈사는 물론 저 화장실조차 조사 못 하고 철수할 수밖에 없었지. 그 사람들이 떠나기 전 학교에다 그랬대. 공권력을 대동하고 다시 올 테니 전염병 진원지가 틀림없는 저 화장실하고 아메리카 김 주변에 절대로 접근하지 말라고.

학교 측은 그 말을 지켰지. 아무도 저 화장실을 쓰지 않았어. 아메리카 김은 그 때부터 동네 사람들을 노려보기 시작했고 아메리카 김을 향한 동네 사람들 시선 역시 따가워졌어. 남의 나라에 체인점 짓고 그 나라 돈 싹쓸이해가는 기업 생각하면 이해가 빠를 거야. 농장은 보여주지도 않으면서 공짜 거름 얻어 떼돈을 번 외지인을 속좁은 시골사람들이 좋아할 리 없지. 악의 섞인 소문이 곧 꼬리를 이었어. '애들을 전염병으로 죽인 범인은 외국에서 건너온 매국노다!'란 말이 입에서 입으로 슬슬 번진 거야. 그런데….”

교장이 실제로 그날 일을 겪은 사람처럼 폐가를 손가락으로 가리켰다.

“어느 비 오는 날에 아메리카 김이 동네에 나타나 저주를 퍼붓더래. '밥 먹여주고 돈 얹어주면 입 찢어져라 웃다가도 조금만 손해보면 당장 으르렁거리는 이 촌놈의 새끼들! 어디 두고 보자.' 사람들은 악마처럼 돌변한 아메리카 김을 보고 깜짝 놀랐대. 하지만 곧 시골 사람 특유의 텃세로 똘똘 뭉쳐 도리어 아메리카 김한테 공격을 퍼부었대. '애들이나 살려내. 조국에 외국 바이러스 묻혀

온 이 매국노야.'

긴장 관계가 아슬아슬했던 어느 날 밤, 저 집에 불이 났어. 원인은 아직도 밝혀지지 않았지. 사람들이 달려갔을 때 무시무시한 비명이 들리더래. 아메리카 김이 깊은 지하에서 지르는 것 같은 비명이. 돼지떼의 비명에 섞인 사람의 처절한 비명이었다지. 더 무서운건 뭔지 알아? 소방차가 올 때까지 마을 사람들은 불 끌 생각도 않고 멀뚱히 구경만 했다나 어쨌다나?

다 타고 잿더미만 남자 마을 사람들은 베일에 가려진 아메리카 김의 집을 구경하러 우루루 몰려들었어. 화장실 아래서 불에 타죽은 돼지들이 발견되었는데, 아메리카 김의 시체는 발견되지 않았지.

결국 사건은 미궁에 빠지고 소문만 무성해졌지. 마을 사람들이 아메리카 김이 미워 저 집에 불을 질렀단 소문이 있는가 하면, 귀농인에게 사사건건 시비 걸고 간섭한 시골사람한테 분개한 아메리카 김이 스스로 불을 지르고 야반도주했다는 소문도 있었어.

그 뒤로 저 집이 방치된 거야. 아메리카 김이 아직까진 사망이아닌 행방불명 신세니까. 저렇게 폐가를 흉물스럽게 둘 수 없어 유가족을 수소문한 모양인데, 모두 외국에 거주해 건물 처분에도 전혀 진척이 없나 봐."

"교장선생님은 저기 들어가 본 적 있나요?"

"내가? 미쳤냐? 귀신 나올 거 같은 저 집에? 저긴 들어가고 싶어도 못 들어가. 경찰들이 출입금지 팻말 붙이고 사슬을 채웠거든."

이상식은 오래된 그을음이 곰팡이처럼 붙은 폐가를 힐끗 바라보았다. 기와가 없는 서양식 박공지붕에 테라스까지 갖춘 2층집은 건축 당시 호사스러움을 뽐냈을 게 틀림없었다. 들마루나 장독대 같은 한국적인 요소는 전혀 보이지 않았다. 여닫이 창문은 타원형으로 디자인된 데다가 유리에 거미줄같은 금까지 가서 마녀의 핏발 곤두선 눈을 연상시켰다. 불탄 벽면을 붕대처럼 덮은 건 음침한 담쟁이덩굴이었다. 집을 둘러싼 무성한 잡초가 불어오는 바람에 말미잘처럼 하늘거렸다. 덩굴도 잡초도 검은 집을 푸르게 에워쌌지만 이상식의 눈에는 흑백으로만 보였다. 대문에는 교장의 말처럼 출입금지를 알리는 사슬이 채워져 있었다. 그의 눈이 폐가에서 화장실로 옮겨갈 때였다.

"상식이 너 나하고 물 좀 빼고 오자."

교장이 등을 탁 쳤다. 취기에 약간 비틀거렸지만 이상식은 일어나 교장을 따라갔다. 백가이버가 이미 마신 술병을 치웠다. 상당한 분량을 해치웠지만 아직도 따지 않은 술은 많았다.

화장실 앞 아메리카 김이 쳤다던 담의 철문에는 자물쇠가 없었다.

"너 먼저 들어가 봐, 미스 리."

"전염병 안 걸리지요?"

"벌써 오래전 이야기다. 불 소독까지 했으니 방역 완료다."

전기가 들어오지 않는 화장실은 대낮에도 어두웠다. 이상식이 화장실 안으로 한걸음 디딘 순간 굳고 말라붙은 냄새가 코로 밀려들었다. 희미한 탄내도 섞여 있었다. 눈앞을 가로막고 선 건 똑같은 화장실 문 다섯 개였다. 칠이 벗겨지고 군데군데 그을음이 묻은 나무문은 왼쪽부터 1, 2, 3, 4, 5라고 씌어 있었다. 아마 반대편 여자화장실에는 6, 7, 8, 9, 10이 있을 터였다.

"담배 하나 줘봐, 미스 리."

교장이 화장실 밖에서 손만 내밀자 이상식이 담배를 권했다. 라이터를 당기자 불이 일어나 벽면을 밝혔다. 어린이들의 낙서가 보였다. 교장의 담배에 불을 붙인 이상식은 그리로 라이터를 들이댔다.

3학년 4반 권수정이하고 옆짝 김홍식이 원두막 밑에서 뽀뽀했다 얼레리 꼴레리

2학년 단임 헬박사 산수시험만 50쩜 미트로 뚜드리팬다 이름이 나 산수라서

대부분 유치한 문구들이었지만 그중 눈길을 잡아끄는 한 줄이 있었다.

4호 변소에 앉아 계속 밑을 봐라. 귀신이 지나간다.

"4번 변소 들어가서 뭐봐라."

교장이 킬킬거렸다. 오줌 누는 소리가 들려왔다. 교장은 화장실에 안 들어오고 바깥에서 소변을 보고 있었다.

"괴담 없는 학교가 없는 법인데, 뭐 4번이라고 못 들어갈 이유 있습니까? 여기 들어오지도 못하니 교장선생님은 겁이 많으신가 보네요."

스쿠터 열쇠 강탈의 복수다! 이상식의 도발에도 교장은 화장실 안에 들어오지 않았다.

"4번… 그러고보니 오늘이 13일이고 게다가 금요일이구나."

"그건 성서하고 연관된 얘기 아닙니까?"

"괴담하고 연관되지. 한국 괴담말고 미국 괴담. 아메리카!"

교장의 말에 무슨 의미가 담겨있는 건지 아닌지 알 수 없었다. 들어오지 않는 교장을 뒤로 한 채 이상식이 4번 변소 문을 열었다. 푸세식 변기통 안은 어두워 잘 보이지 않았다. 그냥 까마득한 깊이에 검은 점 같은 것들만 보일 뿐…. 당연히 돼지는 없었다. 문가에 빈 페인트통이 하나 놓여있었다. 라이터 불빛을 비춰보니 "용변 본 종이는 아래로 던지지 말고 여기에 넣으시요"라고 씌어 있었다. 물론 통 안에 종이는 없었다. 이상식은 자크를 내리고 소변을 보았다. 오줌 떨어지는 소리가 생각보다 깊게 들렸다.

아래를 보니 어둠 한가운데서 뭐가 움직이는 것 같았다. 교장은 끝내 들어오지 않았다.

'겁쟁이.'

볼일을 마친 이상식이 바깥으로 나갔다. 교장은 이미 술자리로 돌아가 있었다. 햇빛 환한 세상이 이렇게 위안을 주긴 처음이었다. 이상식은 검게 우뚝 선 화장실을 한번 돌아보고 다시 술판으로 끼어들었다. 절주를 강조하던 교장은 자기가 취해버리니 태도를 바꾸어 권주를 강요했다.

"다가올 여름방학의 무궁한 발전을 위하여!"

"위하여!"가 경쾌한 후렴구로 하늘로 솟았다.

1980년대 당시의 소주는 알콜 도수가 오늘날의 16도가 아니라 대부분 30도에 가까운 독주였다. 해가 기울어질수록 그 독한 소주병도 무더기로 쌓여갔다. 취기가 급상승하고 점차 혀들이 꼬였다. 해가 기울어져도 날이 어두워져도 그걸 아는 사람은 없었다. 폐가와 화장실 얘기는 더 이상 없었다. 학교 얘기, 집 얘기, 돈 얘기, 정치 얘기, 선거 얘기, 음담패설 따위 현실적인 주제가 오갔고 술에 취하고 이야기에 취한 그들은 시간의 흐름을 몰랐다.

별안간 누군가 말했다.

"어, 주위가 왜 이리 어둡지?"

"그러게. 컴컴한 게 오후가 아닌데? 몇 시야?"

"벌써 7시 반이구만!"

얼굴이 벌게진 교장이 벌떡 일어나 한 사람을 지명했다. 중요한 걸 잊고 있었다는 듯이.

"야, 이상식이! 버스 놓친다! 빨리 가라!"

"아직 술 남았는데요."

"지금 뛰어가도 탈까말까다. 여기는 우리가 치울 테니 빨리 뛰어가."

"명색이 막낸데 제가 치워야지요."

"너 이 새끼, 내 말이 말 같지 않지? 빨리 안 뛰어?"

교장이 지금까지의 태도를 바꾸었다. 이상식이 일어섰다. 겁이 많다고 비꼬았던 걸 쪼잔하게 복수하는구나. 사실은 폐가 화장실보다 나의 음주운전을 더 겁내는 거겠지.

"너 앞으로 술 마시고 스쿠터 몰면 내가 직접 교육청에 신고해버릴 거야."

"교장선생님, 전 이제 갱생해 새사람이 됐습니다. 후딱 뛰어가
겠습니다."

이상식이 경례를 올려붙이고 돌아서는데 교장이 어깨를 잡았다.

"주머니에 예비열쇠도 내놔."

이상식이 입을 떡 벌렸다.

"모를 줄 알았지?"

"교장선생님, 자고로 예비열쇠는 주인이 갖고 있어야 하는 법인
데요."

"이럴 시간에 버스 떠난다. 좋은 말로 할 때 어서 내놔."

이상식은 아직도 남은 술에 미련이 있었다. 누군가 그냥 여기
앉아 밤새도록 마시자고 말해줬으면 싶었다. 그러나 아무도 그런
말을 해주지 않았다. 교장은 상습 음주 운전 직원이 만취한 채 사
고를 칠지도 모를 현실의 걱정 때문에 술이 깬 것이었고, 명까지
거역하자 화를 낸 것이었다. 그런 교장의 비위를 거스를 사람은
아무도 없었다. 하지만 이상식은 교장이 개인감정으로 화풀이를
한다고 삐딱하게 생각했다. 결국 주머니에서 예비 열쇠를 꺼내 그
것마저 교장의 손바닥 위에 올려놓았다.

"술 많이 취했으면 운동장에서라도 자고 가든지."

"학교에 폐 끼치기 싫습니다. 걸어가겠습니다."

"걷지 말고 뛰어! 정류장은 엎어지면 코 닿을 데가 아냐."

"제가 알아서 할게요! 화장실만 들렀다가!"

이상식이 너는 저기 들어갈 수 있냐는 식으로 응수했다. 교장은 답이 없었고 따라오지도 않았다.

이상식은 몇 시간 전에 소변을 봤던 아메리카 김의 돈사 변소에 다시 들어갔다. 짜증이 취기와 공포를 잠시 잊게 했지만, 들어서는 순간 뒷덜미는 곤두섰다. 낮에도 어두웠던 아메리카 김의 화장실은 해가 사라지고 들어서자 분위기 자체가 달랐다. 천장에는 전등이 없고 끊어진 전선만 있었다. 보이지 않는 수많은 눈들이 어둠 속에서 그를 둘러싸고 관찰하는 느낌이었다. 이상식은 다급히 라이터를 켰다. 어둠이 약간 가셨지만 벽에 비친 거대한 그림자가 주인의 의지와 다르게 움직이는 듯했다. 낙서에 절로 눈길이 갔다. 아까는 못봤던 문구들도 있었다.

이 변소 아래에 돌아다니는 것들이 전부 돼지는 아니다. 나는 분명히 봤다.

빨간 종이 줄까 파란 종이 줄까. 아래를 보지 마라. 진짜 있다. 4호

변소 안에.

빨리 볼일을 보고 나가고 싶었다. 이상식은 2번 변소 문을 열었다. 급하게 손잡이를 당기다가 경첩이 부러지면서 손날을 그었다. 피가 배어 나왔으나 그는 알지 못했다. 빨리 소변을 보고 싶었지만 뜻대로 되지 않았다.

손날에서 떨어진 핏방울이 변기 안으로 떨어졌다. 그러자 까마득한 아래에서 하얀 얼굴 하나가 나타났다. 서서히 고개를 드는 그 얼굴은 눈가가 검었고 입가도 검었다. 그런데 이마와 뺨은 유독 하얗다. 사람의 얼굴 같았지만 사람의 얼굴이 아닌 그것의 입은 웃고 있었다.

"이 선생, 안 나오고 뭐해요? 교장 선생님이 찾는데?"

백가이버의 고함이 들려왔다. 백가이버 역시 화장실에 들어오지 않은 채 밖에서 소리만 질렀다. 이상식이 눈을 비비고 보니 변기 밑에는 아무것도 없었다. 뭔가가 등덜미를 잡을 것 같은 예감에 서둘러 화장실을 나왔다. 그가 나오고 닫힌 문에는 2가 아닌 4가 붙어 있었지만 이상식은 그 사실을 몰랐다. 교장이 놀란 목소리로 말했다.

"야, 너 눈에 왜 피를 묻히고 있어?"

바깥으로 나온 이상식은 그제야 손날의 상처를 알아보았다.

"눈이 가려워 좀 비볐는데 손에 피 묻은 줄은 몰랐어요."

"어허, 큰일 났구나! 피를 보면 귀신이 깨어나는 법인데. 내 막차 타는 데까지 같이 갈 사람 보내주마, 미스 리."

"혼자 갈 수 있다니까요!"

"알았다. 네 쌍권총은 내가 잘 보관하마."

교장이 열쇠 두 개를 흔들어댔다. 이상식은 교장이 자기를 조롱한다고 생각했다. 조금 전까지만 해도 두목질하며 잘 놀아놓고 책임질 타이밍에 연루되니 서둘러 꼬리를 자르는 짓거리가 맘에 안 들었다.

"진짜 혼자 갈 수 있냐?"

"예. 혼자 갈 수 있습니다. 교장선생님도 노상방뇨하지 마시고 저 안에서 소변 보고 가십시오."

이상식은 약간 불손하게 인사를 하고 돌아섰다.

4

수낭 국민학교를 뒤로 한 이상식은 기분이 좋지 않았다. 내 얘기도 좀 하고 싶은데 교장은 자기 얘기만 실컷 하다가 일방적으로 회식 종료를 선언했다. 한자리에 모인 선생들은 별로 잘나지도 않은 교장의 인생사를 들어줄 들러리에 불과했다는 생각이 커져갔다.

"다 좋다고. 근데 왜 내 열쇠를 지가 갖고 가냐고?"

하늘에는 달도 별도 보이지 않았다. 하늘도 아메리카 김의 화장실처럼 검은색이었다. 사실 이상식의 눈에 비치는 모든 것이 검은색이었다. 조금만 더 있으면 칠흑 같은 어둠이 내리깔릴 것이다. 야간에 행인이 없는 수낭 시골길에 면사무소는 가로등 설치 예산을 편성하지 않았다.

밭둑을 걷는 이상식의 눈에 보이는 건 가까이 있는 논, 멀리 있는 산뿐이었다. 울창한 숲이 그 사이를 에워쌌다. 수풀 속에서 무장공비라도 튀어나올까봐 두려웠다. 그는 걸음을 빨리하려 했지만 적지 않은 술을 마셨기에 보행은 갈지자를 그렸다.

일직선으로 된 길을 따라가면 마을의 수호신을 모신 서낭당이 나오고, 거기를 지나야 정류장이 나온다. 말이 정류장이지 마을 표지석 옆에 낡은 벤치 하나 갖다놓은 게 다였다. 앞서 언급했듯 하루 딱 세 번만 운행되는 버스는 경상도 사투리로 막차를 '띄우면(놓치면)' 다음 날을 기약해야 한다. 기사도 이 길을 의무적으로 휙 지나쳤고 조금만 기다려달라 부탁을 해도 들어주는 에누리 따위 일절 없다.

이상식은 홍수철의 〈철없던 사랑〉을 콧노래로 부르며 걸었다. 스쿠터를 달리지 않으니 노래는 흥이 나지 않았다. 얼마를 더 걸으니 희미한 전등불 하나가, 그 뒤에 있는 인가의 불빛들이 조금씩 가까워졌다.

"구판장이로구나."

학교 주변의 유일한 상점 겸 문방구. 있는 것보다 없는 게 더 많은 수퍼마켓 아닌 점빵. 시계를 보니 7시 45분이었다. 문득 '한잔 더' 생각이 났다.

"까짓거. 걸어가면서 마시면 버스 안 놓치지."

이상식이 구판장에 발을 들여놓자 밥을 먹다가 나온 주인은 코를 막았다. 주인의 아들은 인사하러 나오다 만취한 담임을 보고는 도로 들어가버렸다.

"안녕하세요, 어머니…. 에… 여기가 창득이네 집이던가? 광순이네 집이던가?"

"아유, 벌써 많이 드신 거 같은데 또 드시게요, 선생님?"

"지금까진 전야제고 이제부터가 본 행사입니다."

"술 그렇게 드시면 오래 못 살아요."

"오래 살아 뭐 하겠습니까? 내 스쿠터도 지들이 다 빼앗아가는데."

이상식은 과장된 미소를 보이며 소주 한 병과 쥐포 한 마리를 샀다.

"저, 어머니. 우리 학교 옆에 불탄 폐가 있잖아요? 거기 주인이 돼지농장주였다면서요? 그 옆에 변소는 똥돼지 치는 돈사고."

주인의 안색이 변했다.

"막차 타셔야 되는 거 아니에요?"

이상식은 손가락을 들고 고개를 끄덕이다가 다시 시계를 보았다.

"그래… 뭔가 알고 계시는구나. 근데 말을 안 하시니…. 일단 차는 타야 하니까 얘기는 다음에 듣죠. 어엇!"

문틀에 발이 걸려 이상식이 비틀거렸다. 주인이 다가왔다.

"그것 보세요. 그렇게 취해놓고 어떻게 가시려고요?"

"걱정 마세요. 다 알아서 갑니다. 철없던 마음으로~ 사랑을 나누었지~. 이름도 모르는 채~."

갈지자를 그리며 이상식은 걸음을 옮겼다. 구판장 주인은 더 붙들지 않았다. 대화를 안 하게 되어 다행이라는 표정이 얼굴에 나타났다. 이빨로 뚜껑을 딴 이상식은 소주를 입에 대고 한 모금 마신 뒤 이빨로 쥐포를 북 뜯었다. 민가의 불빛이 조금씩 멀어졌다. 원초적인 대자연의 어둠이 이상식을 삼켰다. 아직 정류장은 나타날 기미를 안 보였다. 술꾼들은 보통 자신이 취한 사실을 인정하지 않는다. 지금의 이상식이 그랬다. 절반쯤 병을 비울 무렵 이상식의 정신은 오락가락했다. 난 아직도 멀쩡해하고 이상식이 혼잣말했다.

5

주위는 금세 컴컴해져 피아를 식별할 수 없었다. 오늘 하루 마신 술이 온 세상을 빙글빙글 돌렸다. 이상식은 길을 잃을까봐 정신을 집중해 앞으로 또 앞으로만 걸었다. 그렇지만 발은 자꾸만 이리저리 뒤틀렸다. 어느 곳으로 들어섰는지 수풀 사이로 검은 집이 한 채 등장하더니 조금씩 가까워졌다. 그는 머리를 때려 술기운을 쫓았다.

"수낭 촌구석 산신령을 모신 서낭당이로구나."

말이 당집이지 나무토막 몇 개를 주워 붙여 조악한 초가집 형상으로 조립한 가건물에 불과했다. 하지만 예스러움과 비문명적인 분위기로 점철된 그런 조악함이야말로 사람의 원초적인 두려움을 자극하는 데가 있었다. 비바람 따위 자연의 풍화를 죽은 듯 견디면서도 영적인 분위기를 잃지 않고, 아무것도 없음에도 귀신이 가득한 것처럼 보여주는 환상성은 두려움을 생활의 본능으로 갖고 있는 인류에게 원형의 한 모습을 제공한다. 사람의 창조력이 입증되고 기술의 발전이 가속되어도 설명 못 할 자연과 초자연의 신비는 여전히 그 모든 것에 잠복해 있다는 원형.

이상식은 잠겨진 서낭당 안에 뭐가 있을지 궁금했다. 눈이 찢어진 신령이나 무녀의 그림, 그리고 그에 걸맞는 무구들이 있겠지. 저런 걸 하필 길가에 떡 만들어놓은 의도는 뭘까? 곧 21세기도 다가오는데.

서낭당 뒤편에서 나무를 스치는 사사삭 소리가 있었다. 이상식의 심장이 철렁했다.

"거기 누구요?"

대답이 없었고 소리도 나지 않았다.

"고양이겠지. 아니면 들개나."

두려움을 잊으려고 그는 소주병을 입에 대고 또 한 모금 마신 후 걸었다. 서낭당과 약간 떨어진 곳에 사람의 팔처럼 가지를 뻗은 버드나무가 한 그루 있었다. 그런데 왼쪽 팔이 절반쯤 잘려나가 오른쪽 팔가지보다 짧았다. 나머지 작은 가지들에는 무수한 끈과 종이가 붙어 있었다.

"서낭당 옆의 서낭목이로구나."

마을을 대표하는 나무이자 그 마을 주민들이 신격을 부여해 신성화된 나무神樹가 서낭목이다. 흔히 당산나무라 부르기도 하는 이 나무에 사람들은 오색 천을 비롯해 옷조각 실꾸러미 따위를 걸고 치성을 드린다. 마을의 번영이라는 공동체적 치성도 있지만 개개인이 비는 치성은 더 많다. 그 증거들이 바람에 따로따로 날리는 저 끈들이며 종이들인 것이다.

'사람들은 여기에 뭘 빌었을까? 외지인 아메리카 김도 이 나무에 대고 뭔가 빌었을까?'

이상식은 잠시 눈을 감고 소원을 빌었다.

'무사히 집에 돌아갈 수 있게 해다오. 그게 안 되면 가지를 뻗어 날 목 졸라 죽이든가.'

눈을 떴으나 가지가 움직이는 일 따위는 없었다. 그는 또 한 번 소변을 보며 스르르 감기는 눈에 몸을 휘청거렸다. 눈을 감으니 졸음이 오고 편안한 기분이 찾아들었다. 실제로 이상식은 선 채로 잠이 들어 꾸벅 졸았다. 그 짧은 사이 교장이 자신의 스쿠터를 몰고 운동장을 빙빙 도는 꿈을 꾸었다. 이상식이 "내 스쿠터에서 내려요!" 하고 소리치자 교장이 돌아보았다. 철봉에 부딪친 교장은 몸이 반으로 접혔다가 떨어졌다. 저 혼자 가던 스쿠터는 넘어져 필필필필 헛바퀴만 돌렸다.

"저기요!"

여자의 목소리에 이상식은 눈을 번쩍 떴다. 한복을 입은 여자 하나가 서낭목 뒤에서 걸어나왔다. 커다란 보퉁이를 발치에 둔 그녀는 그러나 술 냄새를 맡았는지 멈칫하며 이상식과 약간 거리를 두었다.

"얼굴 뵌 적 있어요. 저 학교 선생님이죠?"

"그렇습니다만… 학부모님이세요?"

"저는 이 동네 사는 성모댁이라고 해요. 염소를 잃어서 찾고 있어요."

"염소요?"

한복 입은 여자는 상대의 신원을 알자 마음을 놓았는지 조금 가까이 다가왔다. 타원형 얼굴에 피부가 하얗고 눈이 특히 큰 여성이었다. 이마에 박힌 커다란 점이 인상적이었는데 어떻게 보면 탈처럼 무서운 얼굴이었고 어떻게 보면 시원스런 미인상이었다. 아무도 없는 컴컴한 시골길에서 보는 허연 얼굴이 이상식은 좀 무서웠다. 눈을 보며 다가오는 여자의 모습이 줄에 걸린 벌레에게 접근하는 거미 같았기 때문이다.

"혹시 못 보셨나요? 하얀 수놈인데요."

"아뇨. 이쪽으로 오는 동안 동물이라곤 고양이 한 마리 못 봤어요."

"이상하다. 조금 전까진 보였는데…."

여자가 고개를 이리저리 돌렸다. 이상식에게 문득 떠오르는 게 있었다.

"아, 맞다. 좀 전에 저 서낭당 뒤에서 동물 같은 게 지나가는 소리를 들었어요."

"그래요? 분명 그놈일 거예요!"

"한번 가보세요. 저는 막차 버스를 타야 해서."

"예. 감사해요."

등을 돌린 이상식은 취기에 한 번 넘어졌다가 다시 일어나 걸었다. 뒤돌아보니 여자는 보퉁이를 버려둔 채 서낭당 쪽으로 바삐 움직이고 있었다. 어둠 속에서 사람 없는 하얀 한복이 저 혼자 휘적휘적 움직이는 것 같았다.

'귀신이 어딨어? 귀신은 없어!'

동료선생 집에서 자고 올걸 하는 후회가 처음으로 들었다. 발밑에 잔가지들이 타닥타닥 밟혔다. 그만큼 빠른 속도로 걸었다는 이야기다. 걸음은 이내 달리기로 바뀌었다. 이마에 식은땀이 흘러내렸다. 이상식 혼자서만 제자리뛰기를 하는데, 온 세상이 러닝머신처럼 돌면서 되풀이되는 착각이 들었다. 아무리 걷고 뛰어도 똑같은 숲, 똑같은 논밭이었으니까. 방향감각이 처음과 달라 어디가 어딘지 알 수 없었다. 돌부리에 발이 걸렸을 때 기어이 속은 뒤집혔다. 구역질이 올라왔다.

"우우욱!"

속에 든 것을 한바탕 게워낸 이상식은 나무를 잡고 생각했다.

'여기서 토해버리는 게 차라리 버스 안에서 토하는 것보다 낫지.'

입가를 닦으며 고개 든 이상식은 기절초풍할 뻔했다. 성모댁이라는 여자가 바로 앞에 서 있었다. 여전히 발치에 보퉁이를 둔 채로. 하지만 염소는 없었다. 비정상적으로 큰 눈이 웃음을 흘리자 이마의 점도 함께 움직였다.

'나는 땀을 흘릴 정도로 뛰었다. 벌써 따라오다니 이건 불가능해.'

"많이 취하셨나 봐요. 저 위에서 보니 같은 자리를 맴돌던데요."

"제가요?"

"그래요. 게다가 정류장은 그쪽이 아닌데."

주위를 보니 온통 같은 숲이라 분간을 할 수 없었다. 그런데 동남쪽 방향에 서낭당의 검은 실루엣이 보였다. 반대편으로 걸어왔다는 사실을 깨닫자마자 처음으로 정상적인 판단력이 찾아왔다.

자신은 몹시 술에 취했고 이 여자가 하는 말이 진실이라는 생각.

"그럼 어디지요?"

"저쪽이에요. 술 많이 드신 거 같으니 안내해드릴게요."

"감사합니다. 그나저나 염소는 찾았나요?"

"덕분에 찾았어요."

"어디 있죠?"

"서낭당에 묶어놨어요. 선생님 덕에 찾았으니까 이렇게 길을 알려주는 거예요. 자, 차 시간 다 됐으니 얼른 따라와요."

성모댁이 성큼성큼 걷기 시작했다. 이상식은 버스를 놓치면 안 되겠단 생각에 성모댁을 따라 걸었다.

"보퉁이 좀 들고 걸어와주실래요? 정류장까지만."

"그러죠, 뭐."

이상식은 손에 쥔 소주병을 주머니에 넣고 보퉁이를 집어들었다. 크기가 커서 두 팔로 안았다가 생각보다 무거워 머리 위에 이었다. 성모댁은 특유의 탈 같은 눈과 점을 미소로 채운 채 이상식의 다섯 걸음쯤 앞에서 부지런히 걸었다. 성모댁의 걸음이 빨라 이상식 역시 빨리 걸어야 했다. 기척이 있어 오른쪽으로 고개를 틀자 팔 같은 가지가 반쯤 부러진 서낭목이 지나갔다. 순간 이상식은 눈가가 검고 입가도 검은 하얀 얼굴이 나무 뒤에서 **빼꼼히**

나오는 걸 봤다. 화장실에서 환상이라 여겼던 얼굴이었다.

"빨리 오세요."

성모댁의 음성에 정신을 차리니 헛것이었다. 그런 얼굴은 없었다. 하지만 더욱 이상한 일이 벌어져 있었다. 나무를 본 그 1초 사이 성모댁과 그와의 거리는 10미터 이상 벌어졌던 것이다. 저 멀리 하얀 한복을 하늘거리며 성모댁은 걸음을 멈추었다.

"버스 놓쳐요. 빨리 오세요."

"아, 알겠습니다."

이상식도 걸음을 빨리했다. 등을 보이고 섰던 성모댁이 뒤돌아보지 않은 채 걸음을 옮겼다.

"아유, 비틀거리지 좀 말고 빨리 오세요. 젊은 분이 원…."

"천천히 가세요, 천천히."

숨이 가빴고 머리도 무거웠다. 이상식은 다리에 힘을 주며 취기를 이겨내려 노력했다. 이상한 일이 일어나고 있었다. 그가 걸음을 빨리하면 성모댁도 걸음을 빨리하고 그가 멈추면 성모댁도 멈춰서 빨리 오라고 재촉하는 것이었다. 그녀는 뒤돌아보지 않고도 이상식의 움직임을 파악하고 있었다.

"빨리 좀 오라니까요. 버스 놓쳐요."

술래잡기를 하는 것 같았다. 잠시 멈춘 이상식은 주머니에서 소주를 꺼내 한 모금 마셨다. 성모댁은 계속 걸어갔다. 속도를 내도 도저히 따라잡을 수가 없었다. 온몸 구석구석에서 땀이 솟았다.

'오냐, 이 땀 다 빠지면 술이 깨겠지.'

땀이 배어 나올 때마다 땀구멍에서 찌르는 듯한 통증이 느껴졌다. 정수리, 얼굴, 가슴, 팔다리 할 것 없이 땀이 나오는 곳 전부가 따가웠다. 길은 아직도 그대로였고 정류장은 나타나지 않았다.

"좀 천천히 갑시다, 천천히…."

"차 띄운다니까요. 빨리 와요."

성모댁이 엉덩이를 살랑이며 빠르게 걸어갔다. 이상식은 훅 하고 결심 같은 숨을 내뱉은 후 달리듯 걸었다. 따라잡고야 말겠다는 일념으로. 나무 이파리가 뺨을 만지며 지나갔다. 가지도 이상식을 찌르며 지나갔다. 언제나 그랬듯 세상이 이상식에게 흑백으로 다가오면서 지나갔다. 땀구멍의 통증이 더욱 지독해졌다. 물소리가 들려왔다. 땀이 흐르는 소리치고는 컸다. 술에 취해 세상이 빙빙 돌자 움직임조차 자유롭지 않았다. 텅 빈 허공에서 그는 몸이 구속된 채 거미줄에 걸린 것처럼 움직이지 못했다. 물소리가 귀를 찌르고 따가움이 눈썹까지 찔렀다. 성모댁이 등을 보인 채로 멈춰섰다. 머리에 꽂은 비녀가 반짝거렸다.

"젊은 양반이 뭔 힘이 그리도 없수?"

"이 보퉁이 안에 대체 뭐가 들었습니까?"

"왜 그래요?"

"머리를 막 내리누르는 거처럼 무거워서요. 뭐가 들었죠?"

"신랑."

"신랑요?"

돌아보는 성모댁의 얼굴이 퍼렇게 빛났다. 이상식은 심장이 섬
뜩했으나 몸을 찌르는 따가움은 그보다 더 컸다. 아, 제발 이놈의
땀이 몽땅 빠져버린다면.

"신랑이 들었다구! 말귀 못 알아들어?"

이상식은 눈까지 바늘로 찌르는 통증에 악 하고 비명을 질렀다.
그러자 깨달음이 왔다. 눈은 땀을 흘리지 않고 눈물을 흘려보내는
신체기관이라는 것을. 게다가 무언가를 '보는' 기관이라는 것을.

눈을 한번 크게 감았다가 뜨자 진실이 보였다. 풀과 숲은 그대
로였다. 하지만 그는 정류장 가는 시골길에 있지 않았다. 온몸을
칭칭 감은 가시가 눈을 포함한 전신을 찔러대는 첩첩산중의 덤불
속이었다. 성모댁은 보이지 않았다. 그는 어떻게 된지도 모른 채
가시덤불 숲에 갇혀버렸다. 움직일수록 아팠다. 어디가 어딘지 몰
랐지만, 앞에 물이 흐른다는 사실만은 알았다. 물소리는 바로 산
속의 시내에서 나는 소리였다. 머리가 천근만근 무거워 이상식은

보퉁이를 내렸다. 보퉁이의 정체는 거대한 장승의 머리였다. 성모 댁을 닮은 거대한 눈이 이상식을 노려볼 때, 높은 곳으로부터 성 모댁의 음성이 들려왔다.

"거기 그대로 있거라. 나는 염소를 찾아올 테니. 서낭당에 묶어놓 았단 말은 거짓말이다. 그놈을 찾아야 하는데 아직도 못 찾았어."

이상식이 고개를 들자 버드나무 꼭대기에 두 발로 선 성모댁과 눈이 마주쳤다.

"으아악!"

놀란 이상식이 장승을 집어던졌다. 거대한 장승 머리는 냇가에 떨어져 물살에 떠밀려 내려갔다. 두 눈이 이상식을 쳐다보는 채로 떠내려가긴 했지만 냇가도 장승도 환각이 아니었다. 그러나 다음 순간은 환각이 아니면 설명할 수 없는 장면이었다. 성모댁이 "그 걸 왜 던져, 이놈아!" 하며 나무에서 뛰어내렸는데, 장승을 잡으려 고 물에 뛰어든 것이었다. 풍덩 소리는 나지 않았다. 그녀는 떠내 려가는 장승을 잡기 위해 물 위를 걸었다.

하얀 한복이 하류의 어둠 너머로 사라지자 물소리가 잔잔해졌 다. 남은 것은 밤의 기운뿐이었다.

"내가 어떻게 이 산속까지 들어온 걸까?"

이상식은 아직도 온몸을 찔러오는 덤불 속에서 가까스로 몸을 빼냈다. 머리부터 발끝까지 가시투성이였다.

"정말 이 산에 귀신이 사는 모양이다. 나는 귀신한테 홀렸고."

그는 주머니에서 소주병을 꺼내 마지막 한 모금을 마시려 했다. 그러자 이번에는 여자가 아닌 남자의 목소리가 등장했다.

"귀신이 맞소. 당신은 방금 악귀한테서 생명을 건진 거요."

긴 백발을 꽁지머리로 묶고 턱에만 수염을 기른 노인이 하나 나타났다. 만약 코까지 수염을 길렀다면 무속인이나 약초채취인으로 여길 법했지만 턱에만 나있는 수염은 전혀 한국적이지 않았다. 수낭 촌구석과 어울리지 않는, 80년대에 드문 서양식 용모 관리였다. 이상식은 저도 모르게 물었다.

"혹시 아메리카 김 선생님이신가요?"

"아니, 이런 벽지에 숨어 사는 나를 알고 있다니 당신이야말로 누구요?"

6

"저는 이곳 학교 선생입니다. 섭주 가는 막차 버스를 타러 가는데 어떤 여자가 길 안내를 해준댔어요. 따라갔는데 대체 내가 어떻게 여기까지 온 건지 첩첩산속에 있더라구요."

"막차는 8시에 있지 않소?"

"맞습니다."

"그렇다면 이미 놓쳤소."

아메리카 김이 손목시계를 보여주었다. 자정이 다가오는 11시였다. 이상식은 소스라치게 놀랐다.

"이상하다. 나는 그 여자랑 잠깐 만나 걸었을 뿐인데…."

"그게 바로 토째비의 농간이오. 당신은 토째비한테 홀린 게요."

"토째비가 뭔데요?"

"도깨비지 뭐긴 뭐요. 사람을 낭떠러지나 강물 속 같은 곳으로 꾀어내길 일삼는 귀신이지. 심하게 홀린 사람은 목숨을 잃을 수도 있소."

"제가 도깨비한테 홀렸다고요?"

"술이 떡이 되도록 마시는 사람이라면 어느 날 갑자기 헛것을 볼 수 있소. 그 헛것이 같이 걷자, 나랑 대화도 하자 하는데 그걸 받아주면 시간 감각, 공간 감각을 잃게 되는 거요. 안 당해본 사람들은 술 때문에 겪는 환각이라고 쉽게 단정짓지만 웃기는 소리! 저 여자가 내 눈에도 빤히 보이는데 환각이라고? 이 섭주에는 토째비가 실재하오. 그보다 흉악한 귀신은 더욱 많고 말이오."

"귀신이라니, 도저히… 믿지 못하겠네요."

"그럼 당신이 조금 전에 본 걸 뭐라 생각하시오? 조금만 더 늦었다면 그 여자가 가시덤불숲 다음으로 냇가 깊은 곳까지 길 안내를 했을 게요. 당신 시체가 발견되면 사람들이 그러겠지. 술에 취한 학교 선생이 발을 헛디뎌 익사했다고. 죽은 자는 말이 없는 법이니 진짜 진실을 밝혀낼 방법은 없는 거요. 살아서도 주정뱅이, 죽어서도 주정뱅이 취급만 받고 말지."

"저도 섭주가 고향이라 이 땅에서 해괴한 사건이 많이 일어났단 건 어릴 때부터 들어서 알고 있어요. 10년 전쯤 돌아래 마을이란 곳에서 주민들이 몽땅 사라지는 사건이 있었는데, 나중에 그 마을 호수에선 목 잘린 시체들이 무더기로 발견되었지요."

"젠장! 나 역시 마찬가지요. 미신과 현실이 서로 다르지 않은 이 꽉 막힌 촌구석에 내려오는 게 아니었소. 여기 놈들은 내 사업을 망친 것도 모자라 귀신의 명령으로 내 집에 불을 질렀소. 날 죽이려 했단 말이오. 법의 심판에 넘기는 것도 아니고 자력 심판이라니. 이게 문명사회에 가능한 일이겠소?"

"그럼 선생님 집이 불탄 게 정말 마을 사람들 짓이었나요?"

"난 스쿠터 타고 출퇴근하는 당신을 멀리서 봐왔소. 이 마을 사람이 아닌 걸로 알고 있는데 마을 놈들이 비밀로 하는 그 사실을 어떻게 알아냈소?"

"오늘 우리가 꿩백숙으로 술을 먹은 데가 선생님 저택하고 그 화장실, 아니 돼지사육장 옆이었거든요. 교장선생님이 자기도 들은 얘기라면서 들려줬어요."

아메리카 김의 얼굴이 조금 밝아졌다. 굴속에 갇혀 지낸 두더지가 처음으로 다른 두더지를 만난 얼굴이었다. 하지만 그 얼굴도 이내 악마처럼 구겨졌다.

"그 성모란 계집이야말로 이 마을의 수호신이자 치성을 안 드리면 아무에게나 토째비 짓도 서슴지 않는 악귀요. 이 마을 촌놈들은 너무나도 보수적이고 폐쇄적이라 다른 문화를 일절 허용하지 않소. 그 중심에 바로 귀신의 농간이 있소."

"처음 낙향하셨을 때는 분위기가 좋았다면서요?"

"내가 돈을 풀고 고기를 풀 때만 그랬지. 은혜도 모르는 촌놈들!"

아메리카 김이 퉤 침을 뱉었다.

"하나 물어봅시다. 이 마을에 신식 문물이 들어오고 전기와 철도가 들어온다고 생각해보시오. 그럼 없어질 건 무엇이겠소?"

"옛 시대의 유물이겠지요."

"바로 그거요. 저 서낭당을 부수고 당산나무를 베고 무당 깃발들을 다 꺾어버리겠지. 하루속히 그래야만 하오. 내가 여기서 양돈사업을 했을 때 전염병이 돌아 애들이 죽었소. 사람들은 돼지가 원인이라 했지만, 그건 사실이 아니오. 자기 터전이 개발에 사라져버릴 것을 우려한 저 귀신이 무당을 통해 사람들을 부추긴 것이오. 귀신이 무당한테 살을 날리게 해 아이들에게 병을 퍼뜨린 후 내게 뒤집어씌운 거란 말이요. 수낭 마을을 자기가 살기 편한 원시마을로 만들려고!"

"그럼 왜 보건소 직원들 조사는 안 받으셨나요?"

"그것까지 알고 있소? 여긴 보건소 직원이 온 적이 없소! 다 그 귀신을 모시는 자들이 꾸민 짓이오. 놈들이 보건소 직원처럼 행세해 내 농가를 염탐하려 했소. 공무원증을 보자니까 한 놈도 내놓지 못했소. 날 이 땅에서 내쫓고 내 농가를 가로채려 했소. 이놈들은 아주 무서운 놈들이오. 귀신의 말에 맹신하고 귀신보다 더 큰 욕심이 한도 끝도 없소. 이 마을에 외지인이 왜 없겠소? 텃세의 방식으로 쥐도 새도 모르게 빼앗고 집단 괴롭힘의 방식으로 쥐도 새도 모르게 죽이는 거요. 바깥사람들은 이런 사실을 아무도 몰라요. 이 마을의 비밀을 누군가는 밝은 세상에 폭로해야만 해요."

이상식의 눈에 흑백으로만 보였던 세상이 더욱 짙은 흑백으로 보였다. 나는 분명 물 위를 걷는 귀신을 만났어…. 그리고 내 눈 앞에는 마을 사람들에게 방화를 당했다고 호소하는 외지인이 있어…. 내가 근무하는 직장이 이런 미신과 미치광이 가득한 곳에 있었다니….

"그럼 화장실에 귀신이 있다는 것도…."

"성모귀신이 풀어놓은 살을 말하는 게요. 돼지들을 스트레스 받아 죽게 하고 아이들을 죽게 만든 살. 나 모르게 이 세상에서 쓰면 안 될 부적을 쓰고 악질적인 방법술도 동원했소. 죽은 아이들의 혼백은 몽땅 그 귀신을 모시는 무당이 명도明圖받는 데 쓰였는데, 덕분에 나만 전염병을 몰고 온 매국노가 된 게요. 아이를 잃은 부모들조차 그 사실을 모르고 있소. 절대 그 화장실에 들어가면 안 돼. 거긴 위험한 곳이야."

이상식의 얼굴이 노래졌다.

"저는 이미 들어갔는데요!"

"뭐라고! 혹시 4번 변소에 들어갔거나 그 안에 피를 흘리거나 하진 않았겠지?"

"처음에 4번에 들어갔고 두 번째는 2번인가 3번에 들어갔는데 거기서 손을 베였어요."

"왜 저 성모귀신이 당신한테 나타났는지 알겠군. 당신 이제 큰일났소. 일단 내 집으로 갑시다. 퇴마에 쓰는 물건들이 있으니 여기보다 그곳이 안전하오. 새벽까지 지내다가 날이 밝으면 떠나시오."

"불에 탄 폐가에서 계속 살아오신 겁니까?"

"그렇소. 모든 걸 잃은 내가 갈 곳이 어디겠소? 나는 그곳 지하실에 숨어있다가 이렇게 밤이 되면 한 번씩 바깥으로 나온다오. 귀신이 나를 찾지 못할 방법을 터득했으니까. 언젠가는 이놈들에게 심판을 내리기 위해서라도 나는 절대 수낭을 떠나지 않소."

아메리카 김이 무거운 것에 눌린 이상식의 머리를 가리켰다.

"그 여자가 어떤 물건을 준 적 없소? 보퉁이 같은 거."

"있어요. 그건 장승의 머리였어요."

"그 여자가 직접 머리에 이는 걸 보았소?"

"제가 이었어요. 땅에 놓인 걸 저보고 들어달라고 했거든요."

"귀신이라 자기가 못 잡고 선생한테 시킨 거요. 그 여자 손을 잡았다면 안개처럼 쑥 통과되었을 테지만, 나는 귀신이 아니오."

아메리카 김이 이상식의 어깨에 손을 얹었다. 좀 차갑고 거칠긴 했지만 이상식은 어깨에 닿는 묵직한 기운을 느꼈다.

"난 당신 편이오. 철천지원수 땅에서 만난 사람이라 해도 귀신한테 공격당한 당신을 살려서 보내고 싶으니 따라오시오."

이상식은 아메리카 김을 따라 산길을 걸었다. 성모댁처럼 노인의 걸음도 빨랐다. 가뜩이나 술에 잠식당한 머리가 더욱 혼란스러웠다. 서낭당과 서낭목이 없는 길을 돌아 한참을 더 걷자 익숙한 느낌이 왔다. 수낭 국민학교 운동장이 서서히 보이기 시작한 것이다. 불 꺼진 학교는 온통 컴컴했다. 가까이 숙직실도 저 멀리 교장 사택도 어둠에 싸여 있었다. 다행히 성모댁을 만났을 땐 없던 달이 지금은 환하게 떴다.

운동장 한켠에는 낮에 먹었던 꿩백숙 가마솥과 잡다한 음주 도구들이 그대로 남아있었다. 치운다고 해놓고 술에 취해 모두가 그냥 귀가한 모양이었다. 눈길을 돌리니 불에 탄 아메리카 김의 폐가와 화장실이 앞에 버티고 섰다.

아메리카 김 노인이 먼저 화장실로 들어갔다. 어딘가 불안한 낌

새에 이상식은 더 나아가기를 주저했다.

"뭘 해? 어서 따라오시오."

"집에 간다면서요? 왜 화장실로 들어가는데요?"

"보다시피 경찰들이 문을 폐쇄해놓았소. 좀 이상하게 들릴지 모르지만 4번 변기 안으로 들어가야 하오."

"변기 안으로 뛰어들라고요? 그것도 4번에? 거긴 절대 들어가면 안 된다면서요?"

"그곳의 정체를 모를 때 들어가면 안 된다 그 말이지. 4번 변소는 사실 내 집으로 들어갈 수 있는 비밀통로요. 안전하게 뛰어내릴 수 있는 높이니 얼른 따라오시오."

취한 와중에도 강한 경계심이 머리를 들었다.

"성모귀신이 살까지 내렸다면서요?"

아메리카 김이 굳은 표정으로 이상식을 바라보았다. 동물을 연상시키는 노인의 얼굴은 섬뜩했다. 그래, 여기까지다! 이상식은 내친김에 꾸벅 인사를 해버렸다. 낯익은 학교로 돌아오자 텅 빈 교실에서 잘지언정 낯선 사람을 따라가긴 싫었던 것이다. 게다가 화장실 안으로 뛰어들라니. 그는 노인의 말을 막으려는 듯 빠르게 일장연설을 했다.

"오늘 어르신께 겪은 은혜는 제가 잊지 않겠습니다. 저기 보이는 집이 교장선생님 사택인데, 사실 저보고 자고 가라고 그랬거든요. 오늘 제가 취중에 산길로 빠져 몹쓸 일을 겪었던 것 같습니다. 어르신을 만난 건 비밀로 할 테니 다른 날 약속을 잡고 다시 뵙도록 하겠습니다."

"시간이 이런데 교장이 문을 열어줄까?"

"안 되면 운동장에서라도 새지요."

"여기서 밤을 새겠다고? 귀신이 오면 어떡할 거요?"

"그건 귀신이 아니라… 제가 헛것을 본 모양입니다. 술을 너무 많이 마셔서요."

"당신 며칠 있으면 여기서 죽어 나간 애들처럼 헛소리와 고열에 시달리다가 죽을 게요. 아까도 말했듯 수낭에 사는 귀신들 때문에 말이오."

그래도 이상식은 주저하는 기색을 보였다. 아메리카 김은 어이없다는 얼굴에 어깨를 으쓱하는 미국식 제스처로 응수했다.

"싫다면 할 수 없지."

이상식에게서 물러난 아메리카 김은 정말로 화장실 안으로 들어갔다. 갈등이 생겼다. 이 노인의 말이야말로 유일한 진실일 수도 있다! 홀로 남는 게 두려운 이상식은 노인을 몇 발자국 따라갔으나 그래도 화장실 안까지는 못 들어가겠는지 멈추고 말았다. 막

등을 돌리는데 억센 팔이 헤드록을 하듯 목을 감았다. 다시 뛰어

나온 아메리카 김이었다.

"날 만난 이상 널 돌려보낼 수 없다!"

"왜, 왜 이러세요!"

이상식은 아메리카 김의 팔을 떨쳐내려 했지만 도저히 이길 수

없는 힘이었다. 화장실에서 다시 나온 아메리카 김은 그새 얼굴이

변했다. 아직도 술이 덜 깬 이상식의 눈에 노인의 얼굴은 눈가가

검고 입가도 검은 악마의 얼굴이 되었다가 몸싸움 끝에 다시 달빛

에 보니 원래의 얼굴로 돌아갔다. 하지만 뺨에 힘을 주고 이빨을

꽉 깨문 갸름한 얼굴은 잔뜩 화가 난 네 발 짐승 같았다. 이상식은

등골이 오싹했다.

"그 여자…. 네게 그랬지…. 염소를 못 봤냐고…. 네 영혼은 내

게 붙잡혔다. 갇혀있던 나를 다시 불러낸 건 4번 변소에 떨어진 네

피였어. 나하고 피로 엮인 이상 내 손아귀에서 벗어날 수 없다!"

아메리카 김이 한 손으로 이상식의 목을, 다른 한 손으로 이상

식의 팔을 꺾어 화장실 쪽으로 질질 끌기 시작했다.

"놔요! 이거 놔요!"

"게다가 오늘은 13일의 금요일이야. 어글리 섭주 코리안들은

아무것도 모르겠지만."

"13일의 금요일이 어쨌다고요?"

"머리 노란 것들은 잘 알아도 머리 검은 것들은 잘 몰라. 내가 부활하기 좋은 날이란 말이야. 한국식으로 표현하자면 '날을 받아 놓은 거지'."

꺾인 팔이 이마 앞까지 온 이상식은 자신의 손목시계를 볼 수 있었다. 23시가 아니라 20시 15분이었다. 길고 길었던 야간 행군이 실은 30분도 안 되는 시간 속에서 벌어진 일이었다. 아메리카 김의 팔은 그보다 더한 경악을 몰고왔다. 손등에 긴 털이 수북하게 솟았는데 손끝에는—차라리 발톱이라 불러도 좋을—손톱이 길게 뻗어나온 것이다. 가까스로 고개 든 이상식의 눈에 검게 변한 아메리카 김의 얼굴과 뿔이 하나밖에 없는 거대한 염소 대가리가 겹쳐 지나갔다. 그 광경도 사라지고 정신을 잃은 이상식은 거칠게 질질 끌려갔다. 아이들의 속삭임이 들렸다.

빨간 종이 줄까, 파란 종이 줄까. 종이를 조심하라.

변소 밑에 돌아다니는 게 있다. 그건 절대 돼지가 아니다.

4번 변소 밑에 돼지를 치는 자가 있다. 근데 그놈도 짐승이다.

불에 탄 변소 문들을 지나쳐 눈앞에 4자가 커다래질 때 이상식은 다시 눈을 떴다. 배설물 거름과는 다른 악취가 몰려들었다. 사악함과 연관된 그 어떤 냄새였다. 근육과 털로 부푼 짐승의 팔이 이상식을 잡아 번쩍 들었다. 이어서 어둠 속을 낙하하는 추락이 있었다. 이상식은 차가운 시멘트 바닥을 나뒹굴었다.

정신을 잃을 틈도 없었다. 라이터를 꺼낸 이상식은 다리를 절며 어둠 속을 나아갔다. 그곳은 원형으로 울타리가 쳐진 사육장이었다. 울타리 밖은 튼튼한 벽돌을 쌓아 바깥에서 볼 수도 없고, 들어올 수도 없게 해놓았다. 위를 올려다보니 열 개의 타원형 구멍이 보였다.

'여기가 돈사로구나. 저 위는 화장실이고. 여기서 돼지를 키웠던 거였어.'

라이터를 땅에도 비쳐보았다. 검게 그을린 바닥 위에 희미한 그림의 흔적이 있었다. 삼각형을 겹쳐 그린 것인지 별을 겹쳐 그린 것인지 헷갈리는 도형이었다. 도형 한가운데엔 뿔이 큰 염소의 얼굴이 있었고 그 위에 핏자국이 있었다.

그곳은 4번 변소 아래였다. 오줌 냄새가 나 머리를 들어보니 자신이 소변을 보고 손을 베였던 곳 아래임이 확실했다. 벽 곳곳에 라틴어와 도형기호가 조각되어 있었지만 시골 국민학교 선생의 지식으로는 읽을 수 없는 문자였다. 무엇보다 충격은 가장자리 벽에 새겨진, 무당의 벽화보다 무서운 그림이었다. 사람의 몸에 염소의 머리를 갖추고 등에는 날개를 가진 악마를 묘사한 인물화로 얼굴이 아메리카 김과 비슷했다. 이상식은 저도 모르게 말했다.

"4번 변소 밑에 돼지를 치는 자가 있다. 근데 그놈도 짐승이다."

밝은 빛 한줄기가 멀리서 뻗어 나왔다. 이어서 아메리카 김의 온화한 음성이 전해져왔다.

"이제 좀 진정되었다면 빛을 따라오게. 자넨 제대로 온 거야, 선생."

가지 않으려 해도 방법이 없었기에 이상식은 마음을 다잡은 뒤 걸어갔다. 그를 기다린 건 서양식 나선계단이었다. 계단 꼭대기로부터 빛이 흘러내렸다. 이상식은 좁은 나선계단을 돌고 돌아 밝은 상층으로 올라갔다. 얼룩말의 머리가 부조로 새겨진 문이 반쯤 열려 있었다. 밀고 들어가니 응접실이 나왔다. 오전에 봤던 그 집이었지만 화재가 난 폐가가 아니었다. 모든 것이 멀쩡했고 정상이었다. 고풍스런 소파와 가구가 질서 있게 갖춰진 그곳은 부르주아의 저택이었다. 벽에는 우아한 벨벳 커튼이 쳐져 있었지만 샹들리에 빛이 환해 어둡지 않았다.

격자무늬 벽지가 붙은 벽면엔 사진들이 가득했다. 검은 숲을 찍은 사진, 령龗을 둘러싸고 찍은 듯한 집회 사진, 머리가 두 개에 날개가 붙은 동물을 찍은 사진, 학살당한 것으로 보이는 외국인 시체 사진 등이 있었는데, 그중 검은 양복을 입은 백인들 틈에서 역시 검은 양복을 입은 아메리카 김의 사진이 눈길을 끌었다. 1925년이라고 적혀 있었는데, 사진 속의 그는 지금보다 훨씬 젊었다. 그들 모두가 한 손을 머리 위로 올렸고 하나같이 손가락을 이상한 형태로 말아쥐고 있었다. 자기들만의 어떤 비밀 신호나 단결 표시 같았다. 단체 사진 아래에는 돼지 농가 앞에서 찍은 아메리카 김의 단독 사진이 있었다. 드라마 〈전원일기〉 혹은 〈초원의 집〉의 배역처럼 허름한 농부 차림이었어도 귀티 나는 인상을 가리지는 못했다. 이 사진 속의 유일한 불협화음은 벽에 기대놓은 창처럼 긴 낫이었다. 외국 공포영화 속에서 두건 쓴 해골악마가 휘두르는 낫과 비슷했다. 보건소 조사단에게 낫을 들고 저항한 것도 사실이었고 창을 들고 저항한 것도 사실이었다. 그건 낫으로도 창으로도

능히 일컬을 수 있는 악마의 흉기였다. 사진 아래에는 작은 설명
이 있었다.

**레이커 농가. 사탄의 영원한 승리가 시간을 역행해 함께하리라. −
1958년**

"58년? 아메리카 김의 조상인가?"

"조상이 아닐세. 바로 나야. 이 방으로 오게."

등 뒤의 닫힌 문 안에서 아메리카 김의 목소리가 들려왔다. 이
상식은 사진에서 떨어져 문으로 걸음을 옮겼다. 사탄이라는 단어
가 머릿속을 떠나지 않았다.

"열고 들어오게. 나의 서재에 온 걸 환영하네."

잠시 망설이다 문을 열었다. 아메리카 김은 거기에도 없었다.
이상식의 입에서 감탄사가 나왔다. '시골 유림'보다 '은둔 귀족'이
란 말이 어울릴 서양식 서재는 고독과 지식의 분위기가 가득했다.
책장마다 골동품 같은 고서적이 들어찼고 마호가니 책상 위에도
책이 한 권 펼쳐져 있었다. 책 옆에는 오려낸 영문판 신문기사들
과 그 개요를 한국어로 번역해 쓴 노트가 있었다.

1958년 로드아일랜드 주 레이커 농가에서 가축 전염병으로 마을 주민 42명 사망. 이 중 아이들이 40명. 농장주는 한국인.

1962년 일본 아오모리 현에서 알 수 없는 가축 전염병으로 마을 주민 121명이 사망. 이 중 아이들이 95명.

영원한 만군의 사탄Satan Sabbaoth 뉴욕 지부 회합식(1980년 4월). 허공의 왕좌에 현무암의 검은 돌을 쌓고 잠시 적들의 눈길로부터 날개를 감출지어다.

기사의 사진은 대부분 텅 빈 돼지사육장과 아메리카 김을 찍은 것이었으나, 그중에는 온몸에 십자가를 문신처럼 그린 채 침상에 누워있는 아이나 어떤 남성 단체를 찍은 사진도 있었다. 검은 양복의 신사들이 뿔이 큰 염소 머리 표식 앞에서 이상한 손가락 포즈를 취한 단체 사진이었고, 촛불이 가득한 집회소에서 두건을 쓴 사람들이 해괴한 예배를 올리는 사진도 있었다. 예배의 대상이 십자가나 그리스도가 아님은 확실했다. 혐오감을 느낀 이상식은 펼쳐놓은 책으로 시선을 돌렸다. 펜글씨와 숫자가 가득해 일기장인 줄 알았지만 성경의 일부를 필사한 것이었다.

"내가 보니 하늘에서 땅에 떨어진 별 하나가 있는데 그가 무저갱의 열쇠를 받았더라." (요한계시록 9 : 1)

"내가 네 환난과 궁핍을 알거니와 실상은 네가 부유한 자니라 자칭 유대인이라 하는 자들의 비방도 알거니와 실상은 유대인이 아니요 사탄의 회당이라." (요한계시록 2 : 9)

"그가 권세를 받아 그 짐승의 우상에게 생기를 주어 그 짐승의 우상으로 말하게 하고 또 짐승의 우상에게 경배하지 아니하는 자는 몇이든지 다 죽이게 하더라" (요한계시록 13 : 15)

술이 땀으로 변해 이마에서 흘러내렸다. 이상식은 성서에 대해 잘 알지 못했지만 기독교의 교리를 기록한 경전이라는 정도는 알고 있었다. 그것은 인간을 향한 신의 언약을 다룬 '복음'이지 공포를 조장하는 선전문이 아니었다. 하지만 여기에 인용된 문구들은 어떤 악한 의도를 가진 사람이 그 의도에 어울리는 문장만 발췌를 한 것 같았다. 사악함을 강조하기 위한 악의적인 편집을 자행한 문장들.

다음 페이지에 나오는 글은 꽤 길었다.

"마침 그곳 산기슭에는 방목하는 돼지떼가 우글거렸는데 마귀들은 자기들을 그 돼지들 속으로 들어가게 해달라고 간청하였다. 예수께서 허락하시자 마귀들은 그 사람에게서 나와 돼지들 속으로 들어갔다. 그러자 돼지떼는 비탈을 내리달려 호수에 빠져죽었다. 돼지치던 사람들이 이 일을 보고 읍내와 촌락으로 도망가 사람들에게 알려주었다. ~~사람들이 무슨 일이 일어났는지 보러 나왔다가 예수께서 계신 곳에 이르러 마귀 들렸던 사람이 옷을 입고 멀쩡한 정신으로 있는 것을 보고는 그만 겁이 났다.~~" (누가복음 8 : 32)

이 또한 의도에 어긋나는 부분은 줄을 그어버린 상태였다. 이상식은 더 이상 볼 용기가 없어 일기장을 덮고 말았다. 그러자 책 아래에 눌려있던 흑백 사진이 하나 튀어나왔다. 잡아당겨 보니 확대한 증명사진이었다. 염소를 닮은 아메리카 김의 얼굴이었는데 본명도 있었다.

金虛主(김허주)

이상식이 탄식하듯 말했다.
"허주? 허주라면… 이 사람이야말로 잡귀인 건가….'

"여기가 한국이고 샤머니즘 깊은 마을이지만, 나는 자네가 생각하는 그런 인물이 아닐세. 여기서 허주란 '허공의 군주'를 말하는 걸세. 허공의 군주는 어둠의 왕자가 모시는 유일신이지."

이상식이 돌아보았다. 검은 로브를 걸치고 왕관처럼 생긴 테를 머리에 두른 아메리카 김이 서 있었다. 산에서 봤을 때보다 젊어 보였다.

"나를 깨어나게 해줘서 고맙네, 이 선생. 자네는 내 생명의 은인이야. 자네가 흘린 4번 구역의 피가 아니었다면 나는 이곳 귀신들이 걸어놓은 봉인에서 풀려나지 못했을 걸세."

"당신은 대체 누굽니까?"

"내가 바로 어둠의 왕자일세."

9

"내가 속한 교단은 우리만의 유일신을 모시고 있다네. 전 세계에 그 세력의 가지가 뻗어 있지."

"사탄을 모시는 교단이란 말인가요? 그런 게 정말로 있었나요?"

"자네들이 믿어왔던 신앙은 이제 신이 중심이 아니라 인간이 중심으로 되어 버렸어. 믿음의 본질을 지상으로 추락시키고 세속의 욕심을 지상으로 쏘아 올린 거짓 믿음이 되고 만 거지. 기적을 보일 수 없음에도 교묘한 말과 행동으로 위장 기적을 보이고는 반대하는 자들을 마귀라 이름 부른다. 우리만이 그대들에게 눈으로 보이는 기적을 만들어줄 수 있어. 그 참기적을 행할 분의 세상을 이루기 위해 우리는 전 세계 곳곳에서 포교를 한 거야."

무거운 침묵이 흘렀다. 아메리카 김의 얼굴에 기대에 찬 미소가 나타났다. 이상식은 이성을 잃지 않으려고 두뇌에 무한한 노력을 퍼붓고 있었다.

"아이들을 죽인 게 당신인가요?"

"죽였다는 표현은 잘못된 걸세. 낮의 가식에 물든 아이들을 순수한 밤의 왕국으로 인도한 걸세. 그 아이들은 허공의 진리 속에서 영혼의 안식을 찾아 무한한 영생을 누리고 있다네. 우리의 교세 확장을 위해 기꺼이 순교를 한 거야. 이곳의 아이들은 화장실에 들어갈 때 나의 이 빨간 팔, 파란 팔을 보고 악몽에 시달렸지. 하지만 그 악몽은 한낱 인간의 한계를 넘어서는 영원의 경지로 거듭난다네."

아메리카 김이 두 팔을 들었는데 손톱이 길어진 한쪽 손은 빨간색, 한쪽 손은 파란색으로 바뀌어 있었다. 이상식의 눈에는 양손 모두가 이 밤처럼 검은색으로만 보였다.

"그래서 그런 글을 쓴 거군요. '빨간 종이, 파란 종이… 뭔가 봤다. 아래를 보지 마라. 돼지들 틈에서 다른 동물을 봤다.'"

"내 얼굴을 본 걸세."

염소를 연상시키는 무서운 얼굴이 태연히 답했다.

"나를 알아본 아이들은 밤의 순수함을 찾아 거짓없는 마음을 벽에다 남기기도 했네. 육신은 죽지만 영혼은 순수한 어둠의 세계로 날아가는 거야. 인간들은 그걸 몰라. 인간들이 언제나 믿는 것은 빛이고 믿지 않는 것은 어둠이지. 세상은 엄연히 낮과 밤으로 절반씩 나뉘는데 인간들끼리 선과 악을 잘라놓고 밤의 존재를 믿을 수 없는 사악함으로 합의해버린 거야. 하지만 진짜 사악한 건 나 같은 어둠의 왕자가 아니라 밤에 돌아다니는 이 미개한 땅의 잡귀들일세."

아메리카 김의 얼굴이 조금 전보다 더 길어졌다. 뿔이라도 솟아오르려는지 관자놀이도 움직거렸다.

"우린 미국에서도 일본에서도 프랑스에서도 인도에서도 세력을 확장했어. 전부 나처럼 돼지 농부행세를 하진 않았다네. 교단의 포섭 방식은 다양하거든. 어떤 이는 순회 서커스단으로, 어떤 이는 주식회사로, 어떤 이는 영화배우 오디션의 방법으로 인간들의 영혼을 그분께 바쳤네. 하지만 가장 성과를 거둔 것은 나였어. 내 힘이 가장 돋보였으니까!

그런 나의 힘이 섭주의 수낭에 와서 꺾였어. 깡촌이라고 방심했던 거지. 매우 놀랄 사실이지만 대한민국 경상도 시골구석의 이 땅에 굉장히 어두운 힘이 내재해 있다네. 공기는 속삭이고 풀과 나무는 감시하고 물은 흐름을 방해해. 이곳의 어둠은 풍수, 방위, 점괘 따위로 은밀히 속삭여 내게 협박을 가한다네. 우리와는 전혀 다른 어둠 말일세. 서로 힘을 합치면 굉장한 세력이 될 것이지만, 그들은 서양에서 온 나를 거부했네. 근본이 같은 나를 매국노 취급하고 쇄국주의의 잔존으로 맞섰어. 악마보다 무서운 방식으로 나에게 무고라는 형틀을 덮어씌웠다네. 싸움에 대비하기도 전에 나는 그들의 기습에 패했고 재기불능의 상태로 봉인되고 말았다네. 바로 저 화장실 바닥에 말일세."

시골 교사 이상식으로서는 무슨 말인지 도통 알 수 없었지만 오늘 하루 요상한 일들을 겪어오는 동안 조금씩 감이 왔다.

'내가 술이 취했거나 아니면 악마가 실재하거나 둘 중 하나다.'

이상식은 더 이상 듣다간 세뇌될지도 모른단 생각에 자신의 두뇌에 최대의 신호를 보냈다. 앞으로 술을 끊는다! 정신차리자! 호랑이에게, 아니 악마에게 잡혀가도 정신만 차리면 된다. 이 모두가 사실은 끊어야 할 술이 보내는 꿈일 수도 있다.

"나도 세상에 이상한 종교들이 많다는 건 들은 적 있어요. 당신도 내가 모르는 어떤 종교의 회원인 거 같은데… 굳이 이 지방 얘길 할 필요는 없어요. 난 아무것도 듣고 싶지 않고 연루되고 싶지도 않아요. 난 이 집에 내 발로 오지 않고 당신한테 강제로 끌려왔죠. 걱정 마세요. 난 입이 무거우니까. 당신 도움으로 다시 바깥으로 나갔으면 싶은데, 이거 하나만 묻죠. 당신이 선택한 그 아이들이 밤의 순수함을 찾았다, 당신의 신께 바쳤다, 이런 식으로 아무리 말을 바꿔도 결국 죽였다는 말이잖아요? 전염병의 형태로."

아메리카 김의 얼굴이 줄어들고 관자놀이도 움직거리지 않았다. 힘 잃은 노인의 얼굴로 돌아온 그는 가만히 이상식을 바라보았다. 이상식은 생각했다. 토째비 따위에게 당한 악마라면 그건 진짜 악마가 아닐지도 몰라. 겁만 잔뜩 주지 힘도 없는 사기꾼인지도 몰라. 아니, 이 인간이야말로 사실은 진짜 토째비인지도 몰라.

아메리카 김이 이상식의 눈을 보며 천천히 입을 열었다.

"내가 허공의 군주에게 바친 이 마을 아이의 영혼은 다섯 명에 불과했어. 전염병이란 외피를 두르고 말이지. 그러나 이 마을 놈들은 나 때문에 열여덟 명이나 죽었다고 사건을 부풀리고 조사단을 불러들였어. 나는 악마보다 더한 놈들을 본 거야. 자기들끼리 한마음이 되어 진실도 왜곡하고 거짓도 스스럼없이 하는 폐쇄된 시골 마을 놈들을 자넨 겪어봤나? 아니 이미 겪고 있을 수도 있어."

"죄송하지만 더 듣지 않겠습니다. 도와주신 건 감사합니다. 머리가 좀 혼란스러운데 뭐 하나 믿음이 가는 게 솔직히 없습니다. 어쨌거나 아까도 얘기했듯 당신을 본 걸 다른 사람한텐 얘기 안 할게요. 여기서 이만 나가고 싶습니다."

"나도 술에 취해 겪는 토째비 짓으로 보이나?"

"솔직히 그렇습니다."

"자네에게 원하는 게 있네."

"뭔지 몰라도 시간이 너무 늦었습니다. 나는 당신과 이야길 하고 있지만 갑자기 정신을 차리면 또 가시덤불 속일지도 모르지요."

"자네 눈엔 모든 게 흑백으로 보이지?"

"예?"

"모든 게 흑백으로 보이잖아, 안 그래?"

이상식이 입을 다물자 아메리카 김이 양팔을 쳐들며 한 걸음 가까이 다가왔다.

"운전면허도 못 따고 죽도록 스쿠터만 타야 하는 신세. 자넨 색맹이야. 이 빨갛고 파란 내 손도, 자네가 쳐다보는 것조차 포기한 신호등도 다 흑백으로 보이잖아? 아닌가?"

"그, 그걸 어떻게 알았죠?"

샹들리에 빛이 희미해졌다. 이상식은 벽을 보았다. 벽에 비친 노인의 머리 그림자에서 뿔이 돋아나 점점 솟구쳤다.

"어둠의 왕자는 전지전능하다. 넌 지금 하룻강아지야. 아무것도 모르니까 용감한 거야. 날 더 이상 자극하지 않는 게 좋아. 나를 도와준다면 서서히 힘을 회복할 나도 기꺼이 널 도와줄 수 있다. 여태껏 아무도 도와주지 못한 방식으로."

아메리카 김의 길어진 두 손이 다가왔다. 이상식은 손톱이 눈알을 파내는 줄 알고 저항하려 했다. 하지만 두 손은 이상식의 눈을 잠시 덮었을 뿐이다. 손을 치우자 흑백이었던 세상이 천연 칼라로 보였다.

"이럴수가! 색이 보여요! 내 눈이 색깔을 볼 수 있어요!"

"기적을 일으켜주는 신이 진짜 신이다. 조금 전 섭주의 신은 널 물에 빠뜨려 죽이려 했어. 그래서 이 땅의 신은 참신이 아닌 잡신인 거야. 내가 모시는 신은 다르지."

빨갛고 파란 손이 이상식의 어깨에 얹혔다.

"날 도와주면 넌 평생 일 안 하고도 부자로 살 수 있다."

아메리카 김이 어깨에서 내린 손바닥을 펼치자 번쩍거리는 다이아몬드가 이상식의 얼굴을 밝혔다. 이상식의 표정도 휘황찬란해졌다.

"당신은 지금 날 속이는 거죠? 여긴 폐가였고 버려진 건물이었어요. 아무리 생각해도 나는 또 한 번 토째비에 홀린 거예요."

"믿지 못하겠다면 선물을 회수하겠다."

상어의 이빨을 가진 염소의 얼굴이 지나갔다. 이상식이 눈을 감았다 뜨니 세상이 원래대로 보였다. 온통 흑백인 세상. 다이아몬드는 그대로였지만 눈가와 입가가 검은 아메리카 김은 염소의 얼굴로 돌아가 있었다. 그러나 두 개여야 할 거대한 뿔은 하나밖에 없었다.

"제가 뭘 하면 되는데요?"

"이 마을 놈들이 내 집과 돼지들을 불태운 뒤 내 몸 일부를 이곳 서낭당에 보관해뒀어. 내가 힘을 회복하지 못하는 이유가 바로 그 때문이다. 나는 낮에도 밤에도 거길 들어가지 못해. 자네는 그것만 찾아주면 돼."

"그게 뭔데요?"

"내 머리의 뿔이다. 이 땅의 이교도들이 내 집을 침범했을 때 성모귀신의 무녀가 당산나무 가지로 내 머리를 후려쳤어. 내 뿔이 잡귀신의 타격에 잘릴 줄은 상상도 못 했지."

"그 잘린 버드나무 가지가 다 이유가 있었네요. 성모댁, 아니 성모귀신이 서낭당의 수호신인가요? 나보고 염소를 못 봤냐고 물었거든요."

"그 계집이 주인이 맞아."

"지금 가면 또 붙잡힐 텐데요? 게다가 저는 장승까지 집어던졌고요."

"그러니까 지금 가면 안 돼. 동이 틀 때 거길 가야 해. 동이 트면 이 땅의 신들은 나다니질 못하거든. 물론 나 역시도 마찬가지고. 밤이 가고 귀신이 사라지면 아무도 자네를 가로막지 못해. 닭이 울면 그때 거기로 가게. 서낭당 문을 부수고 내 뿔만 찾아오면 되는 거야."

"만약 내가 그냥 도망가면요?"

의심하는 이상식에게 염소의 머리가 악마다운 표정을 지어보였다.

"낮에는 괜찮겠지만 밤에는 어둠의 왕자에게 고문을 당하겠지. 죽을 때까지 말이야."

"당신의 힘은 이곳에 한정되어 있는 게 아닙니까? 뿔도 하나 잘
렸는데."

"이 꼴이 된 채로도 자네 눈을 뜨게 해줬지. 게다가 전 세계 우리
교의 신도들에게 자네에 관한 정보를 흘리는 건 일도 아냐. 나는 밤
에만 자넬 괴롭힐 수 있지만 그들은 대낮에도 자넬 찾아갈 수 있지."

"정말… 뿔만 갖고오면 되는 거죠?"

이상식이 한숨을 쉬었다. 아메리카 김은 다시 사람의 얼굴로 돌
아와 온화하게 얘기했다.

"그래. 자넨 뿔을 내게 돌려주고 영영 섭주를 떠나. 일만 성공하
면 이 다이아몬드 말고도 자네를 부자로 만들어줄 방법을 더 알려
줄 테니. 자네는 주식투자로 성공할 수도 있고 원하는 사업으로
성공할 수도 있어. 악마가 관여한 사업은 절대 실패하는 법이 없
거든. 비록 인성은 잃어도 말일세."

이상식은 아메리카 김이 건넨 다이아몬드를 다시 쳐다보고 이
빨로 깨물기까지 했다. 아메리카 김이 이마에 손을 올리자 눈에
비친 세상은 다시 흑백에서 칼라로 돌아왔다. 다이아몬드의 빛이
시각에 따라 변화하는 광경은 장관이었다.

"난 더 이상 색맹이 아닙니다. 당신을 믿기로 했으니 날 정말 부
자로 만들어줘야 해요."

"우리 신뢰의 증표로 선물 하나 더 주지. 손 내밀어보게."

이상식이 손을 내밀자 아메리카 김이 스쿠터 열쇠를 그 위에 놓았다.

"아니, 이게 어떻게…"

"자네가 피를 흘렸을 때 나는 즉시 부활한 어둠의 힘을 사용해보았지. 나는 원한다면 불도 물도 바람도 일으킬 수 있어. 내가 일으킨 바람이 교장의 주머니에서 이걸 빼내온 거야. 알겠나?"

몽롱한 눈으로 이상식은 아메리카 김을 응시했다.

"정말 당신은 어둠의 왕자입니까? 그런 존재가 정말로 있나요?"

"그럼 교장이 나한테 갖다주기라도 했다고 생각하나?"

이상식은 흥분했다. 1 더하기 1이 2인 사람에게도 이성을 초월하는 사건은 언제든 생기는 법이다. 지금 그에게 닥친 상황이 그랬다. 단 한 번도 풀리지 않은 인생을 산 사람이라도 한 번 오는 기회라는 건 있는 법이다. 지금 그에게 닥친 상황이 그랬다.

'그래, 현실이면 더 좋고 꿈이라도 나쁘지 않겠다. 지금 이 순간, 나는 더 이상 색맹이 아니니까.'

그는 헛기침을 하고 너털웃음까지 흘렸다.

"동이 트려면 아직 시간이 남았군요. 어르신 얘길 더 들어도 될까요?"

아메리카 김이 정색을 했다.

"자넨 술을 너무 많이 마셨어. 얘긴 다음에 해도 되니 우선 눈 좀 붙여. 나도 간만에 일어나 능력을 쓰니 기력이 떨어져 좀 쉬어야겠어."

"기력이 떨어지셔도 내 시력과 이 보물은 그대로인데요."

"너무 좋아하지 마. 자네가 할 일은 쉬운 일이 아니니까. 목숨 거는 일이니 제대로 성사부터 시켜. 뿔을 찾아온 뒤에 우린 이야기할 기회도 많고 평생의 친구가 될 수도 있어. 공짜로 부자 되는 건 이 세상에도 저 세상에도 없음을 반드시 명심해."

"말로만 듣던 악마와의 계약이란 말이죠?"

"잊지 마. 뿔만 갖고 오면 돼. 방해하는 자들이 있어도 무시하고 갖고 와. 그 뒤 펼쳐질 자네 인생을 접하면 악마가 나쁘지만은 않다는 걸 깨닫게 될 거야. 이 미개한 땅의 잡귀들이야말로 악마보다 더 나쁜 것들이니 조심하라구. 반드시 첫닭이 우는 소리를 확인하고 가."

"알겠습니다."

이상식은 소파에 앉아 눈을 감았다.

"깨어나도 이 모든 게 꿈이 아니라면 좋겠군요."

10

이상식은 꼬끼오 소리에 눈을 떴다. 산야의 침묵을 깨는 첫닭의 울음이었다. 자신이 있는 곳은 아메리카 김의 집 안이었다. 깔끔한 서양식 저택이 아니라 화재로 검게 탄 폐가. 하지만 그 모든 광경이 색맹인의 시력이 아닌 정상인의 시력으로 보였다. 주머니에 손을 넣어보니 다이아몬드와 스쿠터 열쇠가 고스란히 들어 있었다.

다시 한번 닭이 기상起床 나팔을 불었다. 이상식은 자리를 박차고 나섰다. 바깥은 아직도 어둠에 싸여 있었다. 곧 밝은 세상이 아침과 함께 오겠지. 교무실 계단 아래 연설대 앞에 스쿠터가 서 있었다. 열쇠를 꽂으니 힘차게 시동이 걸렸다. 다방 종업원들의 커피 배달 용도로 쓰였던 스쿠터는 갈색에 가까운 붉은색이었다. 다방 업주가 처음 이 스쿠터를 팔 때 "빨간색인데도 괜찮아요?"라고 물었으나 이상식은 대답하지 않았다. 이제 그의 인생은 흑백에서 칼라로 전환될 것이다. 이 새벽의 어둠이 걷히면 눈에 보이는 세상도 천연색으로 다가올 것이다. 취중 꿈 같기만 한 이 모든 것은 결코 꿈이 아니었다.

최고 속력으로 달린 지 몇 분 되지도 않아 서낭당이 보이기 시작했다. 시동을 켠 채로 스쿠터에서 내린 이상식이 서낭당 앞에

섰다. 녹이 슨 커다란 자물쇠가 나무문 사이에 붙어 있었다. 백가 이버의 창고에서 꺼내온 망치를 이상식은 야구 투수의 피칭처럼 큰 동작으로 휘두르려 했다. 그러자 서낭당과 서낭목 사이에서 그림자 하나가 벌떡 일어섰다.

"거기 누구요?"

"헉!"

기겁한 이상식이 망치를 감추었다. 머리에 수건을 두르고 호미를 쥔 아낙 하나가 다가왔다.

"아주머니, 여기서 뭐 하세요?"

"뭐하긴. 고추 따러 왔지."

"이렇게 이른 시간에요?"

"낮엔 볕이 뜨거워 일 못 하지. 그나저나 누구…?"

"아, 저는 저기 국민학교 선생입니다."

"처음 보는데?"

"3월에 발령받았습니다."

"그렇구나. 치성 드리러 왔수?"

이상식은 난감했다. 어떻게 이 아주머니를 따돌려야 할지 생각하는데 닭이 또 울어댔다.

"예! 저… 여기에 치성을 드리면 소원이 잘 이뤄지나요?"

"그럼 그럼! 성모 할머니는 전국 어느 성황신城隍神보다 신통방통한 우리 마을 수호신이거든."

"성모 할머니요? 왜 나는 그런 분을 몰랐을까요?"

"고향이 여기가 아닌 모양이구먼?"

"섭주 맞습니다. 수낭면은 아니지만…."

"그럼 뭘 빌든지 간에 잘 안 될걸? 성모 할머니는 수낭 사람들 소원만 들어주니까."

"그 성모 할머니라는 분 어떻게 생겼죠? 혹시 눈이 커다랗고 이마에 점이 있지 않나요?"

"맞아요. 잘 아네."

"실은 제가 어제 만났습니다. 바로 여기서요. 정류장까지 가고 있는데 이마에 점이 있는 아주머니가 나타나 같이 가쟀어요. 내 앞에서 걷는 그 아주머닐 따라가다 보니 몸이 아프고 쓰러질 거 같았어요. 그러다 악! 하고 정신 차리고 보니 내 몸이 가시덤불에 휘감겨 있지 않겠어요? 수호신이 아니라 순 토째비한테 홀린 거 같던데요."

"떽! 토째비라니! 그건 성모 할머니가 아저씨를 바른 길로 인도한 거요. 만약 안 따라갔으면 꼼짝없이 죽었을 게요."

꼬끼오 하고 또 닭이 울어댔다. 이상식의 마음은 한결 다급해졌다.

"아주머니, 이 서낭당 문 좀 열 수 없을까요?"

"하이고! 큰일 날 소리 하네. 그걸 왜 열어?"

"누가 부탁을 해서요."

"무슨 부탁?"

"어떤 물건을 찾아달라고…. 아뇨, 됐어요."

더 얘기하는 게 무의미하겠다 싶어 이상식은 입을 닫았다. 그는 한 번 더 주머니 속 물건을 꺼내보았다. 다이아몬드가 어둠 속을 환히 밝혔다. 스쿠터의 시동 소리도, 어스름 속에 보이는 적갈색도 분명한 현실이었다. 현실만이 중요했지 미신은 중요치 않았다. 현실은 돈이 되고 미신은 돈이 되지 않으니까. 이 아줌마가 학교 선생이 서낭당 문을 부쉈다고 동네방네 떠들고 다녀도 술김에 저지른 일이라고 둘러대면 된다. 뭘 꺼내갔다고 해도 그런 적 없다고 잡아떼면 그만이다. 나한테 뭘 어떡할 건데? 난 저 사람들 애들을 가르치는 선생님인데. 어쩌면 꼴통 사고뭉치라고 수낭 아닌 다른 학교로 발령을 내줄지도 모른다. 아니, 그만둬도 상관없지 않을까? 토째비도 악마도 있는 이 땅에 굳이 있을 필요가 뭐 있어? 내게 필요한 것은 악마와의 계약으로 인한 고수익이지, 악마 자체는 아니잖아! 수호신을 쫓든 서낭당을 부수든 이 마을 일은 내 알 바 아니고!

"난 지금 만취 상탭니다, 아주머니. 춘수 형 말마따나 시방 위험한 짐승이니까 저리 가세요."

이상식이 서낭당 문의 자물쇠를 향해 망치를 번쩍 드는데, 호미 쥔 아낙이 소리쳤다.

"그 연장 버리지 못해? 이 무엄한 놈아!"

돌아보던 이상식은 헉 하고 놀랐다. 아낙의 이마 사이에 조금 전까지 없던 점이 있고 찢어진 눈도 말뚝이 탈 눈처럼 커져 있었다. 아낙이 이를 드러내고 으르렁거렸다.

"그 염소 놈이 너한테 시킨 거지?"

"당신이 어떻게 여기 있지? 동이 텄는데…."

"그 서양 악귀놈이 네 피를 받고 살아난 거야. 넌 지금 그놈한테 조종당하고 있어."

"당신이 정말 이 마을 수호신 성모 할머니인가요?"

"그렇다. 고마운 줄 알거라. 네가 그 측간에 피를 흘린 걸 아니까 타향 사람인 네게도 내가 살아날 기회를 준 거야. 하지만 날 따라오던 넌 수낭을 벗어나는 대신 길을 잃었고, 네 머리 위에 액막이로 올려준 장승까지 기어이 냇물 속으로 집어던졌어."

"기회를 줬다고? 가시덤불에 말아넣고 냇가로 이끈 게 기회라고?"

"그건 네 잘못이야! 만취하도록 술만 안 마셨다면 넌 다른 길로 빠지지 않았어."

이상식은 정신을 놓지 않으려고 노력했다. 그녀가 물 위를 뛰는 장면이 머릿속에서 계속 반복되었다.

"토째비가 원래 그렇지. 이것도 다 속임수일 거야. 내 하나 물어봅시다. 여기 사람들, 나만 빼놓고 다 수낭 사람인가요?"

"교장도 네 동료 선생도 다 수낭 사람이다. 외지인도 이 마을에 몇몇 살긴 하지만 그들은 법칙을 지키고 산다. 이 마을에서 일어나는 일은 뭐든지 알아도 모른 척을 해야 하고 함부로 이곳 비밀을 캐서도 안 된다는 법칙."

섭주에 살고 있지만 이상식은 수낭에선 자신이 철저한 이방인에 불과하다는 사실을 깨달았다. 수낭면을 폐쇄적 집단공동체로 보았던 아메리카 김의 지적은 정확했다. 악마의 시각이야말로 사실은 가장 정확한 시각이 아닐까. 차갑고 고통스런 현실을 속이지 않고 그대로 보여주니까.

"당신들이 이 마을 주인이라고 해서 어떤 일을 꾸민다면 그 행위의 선악 판단은 누가 하지요?"

"내가 한다. 내가 여기 수호신이니까."

아낙의 누더기 같던 작업복은 이제 완전한 소복으로 변했다.

"뭐 하나 알려주마. 교장이 왜 그 염소놈의 집과 측간 옆에서 술과 고기를 마시고 그 건물에 관한 내용을 네게 알려줬을까?"

"다 계획적으로 알려준 거란 말인가요?"

"교장은 수낭이 고향이지만 타향에 오래 살다 다시 왔어. 그자도 염소 귀신을 안 믿으면서도 궁금해했어. 그런 참에 네가 미끼로 걸려든 거지."

"미끼? 무슨 말도 안 되는 소릴 하고 있어요? 교장이 애도 아니고."

"어리석은 놈아. 그놈은 착한 놈이 아니야. 그놈 입장에서 넌 사고로 뒈지면 좋을 놈이야. 늘 음주운전을 하고 다니는 사고뭉치니까 말이다. 자기도 미신이라 안 믿으면서도 믿져야 본전이란 심보로 널 그리 보낸 거야. 믿지 않으면서도 또 믿는 게 다 귀신 이야기니까. 하지만 그 외지인 염소 놈이 서양귀신 퍼뜨리려 미국에서 수낭까지 온 건 진짜였어. 우리가 잘 막았는데 교장놈하고 너 때문에 오늘 옛 악업이 되풀이된 거야."

교장을 떠올린 이상식은 속이 메슥거렸다. 이 세상에서 사람들은 다양한 이유로 관계를 맺고 산다. 그 관계가 다 원만하고 좋으란 법은 없다. 학교에서 군대에서 직장에서 모임에서 등등 우리는 만나는 사람들 모두를 좋아할 수 없다. 오히려 누군가를 미워할 수도 있고 심지어 죽어버렸으면 좋겠다고 생각할 때도 있다. 물론 생각만 할 뿐이지 실행에 옮기진 않는다. 행동에 따른 처벌을 감수하게끔 합의되고 유지되는 게 이 사회니까.

정말 교장이 밑져야 본전의 심정으로 그랬다면?

수사가 개시되지도 않을 귀신 이야기로 맘에 안 드는 부하 직원을 해치려 했다면?

실제로 죽는 일이 생기면 속으로 놀라면서도 "정말 그런 일이 벌어졌네? 재수 없는 거지, 뭐." 하고 입 닫은 채 나 몰라라 살아갈 것이다. 그 가설이 맞다면 평범한 일상에서 교장은 농담처럼 진담으로 살의를 내뿜은 것이다. 살의! 이는 충분히 가능한 일이다. 그런 게 바로 인간의 본성이고 이곳은 저주와 미신이 엄연히 현실로 살아 숨 쉬는 섭주의 수낭면이니까.

그럼에도 이상식은 필사적으로 이성에 집중하려 애썼다.

"교장선생님은 그냥 내게 화장실을 가르쳐줬을 뿐이에요. 4번 변소에 들어간 것도 피를 흘린 것도 그 양반하곤 상관없어요."

"계획적으로 널 죽일 마음은 아니었겠지. 겉으로 소심하고 선량한 사람 모두가 그러잖아. '나는 누구를 죽일 사람이 절대 아닙니다'라고. 하지만 그런 사람들이 '까짓 거 죽으면 죽는 거고 살면 사는 거고 지 알아서 하겠지 뭐, 나는 몰라' 하고 말하는 걸 주변에서 많이 봤을 텐데."

"그렇죠. 가벼운 입으로 원인을 제공해놓고 그게 문제가 되면 어떻게든 그 책임에서 벗어나려는 거죠."

이상식은 아메리카 김의 경고를 떠올렸다. 뿔을 가져오는 게 쉬운 일이 아니니 정신 바짝 차리라던 말을. 수낭 마을 수호신 성모 할멈은 그의 마음을 혼란시키고 있었다. 만약 내가 자물쇠에 손을 대면 심장마비라도 일으켜 죽는 건 아닐까? 아냐, 토째비는 사람한테 물리력을 행사할 수 없어. 속임수로 가시덤불로 유인하는 정도가 능력의 전부야!

날이 밝으면 사람들이 올 것이다. 다이아몬드가 주머니에 들어있는 마당에 일이 커지면 좋지 않다. 모험을 걸고 속전속결로 해치워야 한다. 이상식은 결심했다.

"교장이 그런 나쁜 놈이었다니 알려주셔서 감사합니다. 난 여기서 도망칠 겁니다. 첫 발령을 이런 곳으로 받는 게 아니었어요. 두 번 다시 이런 요상한 깡촌으로 돌아오지 않을래요. 사표는 우편으로 던지죠. 고맙습니다, 수호신님."

이상식은 마지막으로 빛을 뿜는 다이아몬드와 시동이 잘 걸린 스쿠터를 확인했다. 이 현실은 아메리카 김이 준 것이지, 성모할멈이 준 건 아니었다.

'토째비 짓은 해도 날 해치진 못할 거야. 한국 귀신은 속임수만 쓸 뿐이지.'

한 방에 서낭당 문을 부순 후 염소의 뿔을 확보해 이곳을 벗어날 작정이었다. 뿔만 손에 넣으면 능력을 완전 회복한 아메리카 김이 어떻게든 도와줄 거야. 이상식이 다시 망치를 겨누는데, 성모할멈이 말했다.

"그거 부수면 너 죽어."

"내가 왜 죽어?"

이상식이 망치를 내리고 고개를 돌렸다. 바람이 불지 않음에도 성모할멈의 소복이 날렸다.

"내가 널 죽일 테니까."

"당신은 한국 마을의 수호신이야. 우리나라 귀신은 사람을 해치지 않아. 속임수를 쓸 뿐이지. 아메리카 김 집에 불을 지른 것도 사람들을 속여서 충동질한 거잖아."

"대단한데?"

"뭐가?"

"내가 그 서양 악귀놈을 이긴 수법을 알아냈으니 말야. 맞아. 난 속임수를 써서 이 마을 사람들을 충동질했어. 난 그놈과 달리 계시로 꿈으로 암시를 줄 수는 있어도 현실적으로 불을 지르는 일 따위는 못 해."

이상식은 망치를 들어올리다가 다시 한번 고개를 돌리고 물었다.

"대체 어떻게 사람들한테 불을 지르게 한 거지?"

"애들을 좀 손 봐줬거든."

"아메리카 김이 해친 거잖아요?"

"해쳤지. 다섯 명. 그걸로 이 마을 놈들을 격동시킬 수는 없었어. 그래서 내가 열세 명을 더 죽였단다."

등줄기로 소름이 돋고 축축한 뭔가가 쑥 지나가는 듯했다.

"진짜로 죽였다고? 귀신인 당신이? 어떻게?"

"나를 몸주로 모신 무녀가 있다. 성모보살이란 여자다. 그 아이에게 살을 날리는 법을 좀 전수했지."

아메리카 김이 했던 말이 기억 속에 살아났다.

"내가 허공의 군주에게 바친 이 마을 아이의 영혼은 다섯 명에 불과했어. 전염병이란 외피를 두르고 말이지. 하지만 이 마을 놈들은 나 때문에 열여덟 명이나 죽었다고 사건을 부풀리고 조사단을 불러들였어. 나는 악마보다 더한 놈들을 본 거야. 자기들끼리 한마음이 되어 진실도 왜곡하고 거짓도 스스럼없이 하는 폐쇄된 시골마을 놈들을 자

넨 겪어봤나? 아니 이미 겪고 있을 수도 있어."

성모할멈이 팔을 활짝 쳐들었다.

"악은 악으로만 이겨야 하는 법이야. 난 이 마을을 구하기 위해 돈 받고 고기 받아 외지인에게 수낭을 넘기려는 어리석은 마을 놈들을 정신 차리게 해줄 필요가 있었어. 기찻길이 깔리고 아파트가 들어서면 우리들이 살 곳은 좁아져. 그건 조상을 죽이는 짓이니 우리가 살지 못하면 결국 너희들도 혈맥이 끊긴다. 근본을 잃고 아메리카 김처럼 변하는 거지."

꼬끼오! 닭이 울어댔다. 닭 소리가 한결같았다. 시계를 보니 새벽 3시 45분이었다. 흥분한 이상식이 내렸던 망치를 번쩍 쳐들었다.

"아하, 알겠다. 아직 새벽이 오지 않았구나. 저 닭 소리가 똑같아. 네가 나를 꾀어 아메리카 김에게서 떼어내게 하려는 거야. 역시 너희들은 속임수밖에 할 줄 아는 게 없지? 나를 가시덤불에 처박은 것처럼. 안됐지만 이제 술이 깼다. 열셋을 더 죽였다고? 그거야말로 심각한 범죄인데 조상을 따지고 전통을 따지나? 지금은 1986년 현대야. 미신 따위는 이제 사라져야 할 시대란 말야. 돈이 최고고 아메리칸 드림이 최고야. 위대한 기술혁신에 대단한 문명발전이지. 간사하게 속임수로 동포나 죽이는 시골 귀신 퍽큐다!

대체 임진왜란 때는 뭘 했고 일제강점기 때는 뭘 했고 6.25 때는 뭘 했어? 그따위니까 계속 당하는 거야! 엿이나 먹어!"

망치를 휘두르자 오래된 자물쇠는 한 번에 떨어져나갔다. 서낭당이 열리고 그 안에 있던 것이 모습을 드러냈다. 한 폭의 무서운 탱화였다. 이마에 점이 있고 눈이 큰 여자 장군이 한 손에 용을 쥐고 한 손에 칼을 쥔 섬뜩한 그림. 이상식이 뒤돌아보니 그림과 똑같이 생긴 성모할멈은 사라지고 없었다.

대신 그의 눈에 들어온 건 그림 아래에 쌓인 무수한 목각인형이었다. 모두 13개였는데 각기 선화, 정철이, 기수, 방숙이 따위 이름이 붙어 있었다. 이상식의 심장이 격렬하게 뛰었다. 아메리카 김의 것으로 보이는 거대한 염소 뿔은 탱화 속 성모댁이 쥔 칼 옆의 벽에 비스듬히 기대어져 있었다. 막 뿔에 손을 올리려고 할 때 어둠 때문에 보이지 않던, 뿔에 몸을 말고 있던 구렁이가 솟아올라 이상식의 손등을 물었다. 이상식은 망치를 놓치고 넘어졌는데 그와 동시에 세상이 다시 흑백으로 보이고 주머니 속의 다이아몬드는 빛을 잃었다. 꺼내 보니 모두 돌멩이에 불과했다. 닭이 울었고 주위가 한층 밝아오는데 시계는 아직도 3시 45분이었다. 언제부터 3시 45분이었는지 알 수 없었다.

몸에 마비가 오며 이상식은 목각인형들이 흐느끼는 소리를 들었다.

"살려주세요. 성모 할머니가 목에 대침을 놔서 움직일 수가 없어요."

"살려주세요. 성모 할머니가 황소의 뿔을 올려놔서 등이 떨어져나갈 거 같아요."

"살려주세요. 성모 할머니가 깃발 태운 잿물을 먹여 몸이 얼음처럼 차가워요."

13명의 죽은 아이들 원성을 듣는 사이 몸의 마비도 극심해졌다.

"아냐! 그럴 리 없어! 구렁이는 독이 없어…."

그는 온몸의 근육에 힘을 주며 간신히 스쿠터에 올랐다. 세상이 흑백으로 보였지만 이 스쿠터만은 진실이었다. 시동이 걸린 것도 진실, 움직이는 것도 진실이었다. 겁에 질린 이상식은 최고속도로 스쿠터를 달렸다.

"구렁이는 독이 없어! 구렁이는 독사가 아냐!"

수낭의 나무와 숲이 일제히 살아 움직였다. 해가 뜨기 전 밤샘 작업을 마친 근로자들이 밝은 아침의 잠자리에 들기 전 마지막으로 부딪는 건배와도 같은 움직임이었다.

"구렁이는 독사가 아냐! 수낭만 벗어나면 돼! 오늘 하루 내가 겪은 일은 다 꿈일 거야! 이게 전부 토째비의 농간이야! 술 때문이야! 절대로 구렁이는….”

퍽! 으직!

스쿠터는 저 혼자 질주하고 이상식은 땅에 떨어졌다. 쓰러진 스쿠터가 필필필필 헛바퀴를 돌리는 가운데 사람의 팔처럼 가지를 벌렸던 서낭목은 이제 오른팔 가지마저 부러졌다. 가공할 속도로 가지에 충돌한 이상식의 목은 거꾸로 돌아가버렸다. 희미한 의식 속에서 이상식은 철봉에 몸이 접혀 떨어지는 교장을 보다가 숨이 끊어졌다.

이상식의 사망은 음주운전으로 인한 사고사로 처리되었다. 사람의 목이 돌아가 변사한 사건이라 수낭 마을의 유명한 무녀 성모보살이 서낭당 앞에서 굿을 했다. 부정의 정화를 위한 개방형 굿이었다지만 서낭당 문은 새로 부착한 자물쇠로 단단히 폐쇄한 상태였다. 성모보살은 큰 눈 사이 이마에 큰 점이 있었는데 신내림

받기 전에는 작은 눈에 점도 없었다고 한다. 신내림 준 몸주든 신내림 받은 무녀든 생김새가 너무 똑같아 그녀를 만난 사람은 사람과 귀신이 번갈아 나타나도 구별할 방법이 없다고 얘기했다.

얼마 후 교장도 죽었다.

깊은 야산에서 다리가 뒤틀린 채 뭘 봤는지 눈과 혀를 쑥 빼고 죽은 변사체로 발견되었다. 경찰은 약초 채취 도중 실족한 교장이 다리가 부러진 채 도와줄 사람을 애타게 부르다가 힘이 다해 죽은 것 같다고 미약한 단정을 내렸다.

학생들 사이에서 이상한 소문이 돌아다녔다. 학교 옆 버려진 변소 안에 걸어 다니는 염소가 있다는 소문이었다. 봤다는 아이들 모두가 그날 밤 꿈에 어떤 노인의 째지는 절규를 들었다고 한다.

"그 여자가 다시 방자술로 살을 내렸어! 그 굿은 마을의 안녕이 목적이 아냐! 나를 꼼짝도 못 하게 하려는 저주야! 제발! 제발 나를 이 지긋지긋한 곳에서 꺼내줘! 오, 허공의 군주시여! 이 세상에 대적할 이 없는 위대한 존재께서 어떻게 시골의 토지신 하나 무당 하나 제압하지 못하시옵니까!"

밤만 되면 서낭당 앞에서 스쿠터 소리가 들리고 술을 달라는 남자의 고함도 들려온다는 소문도 있었다. 그 고함은 목이 돌아가 발성이 몹시 불편하다 하는데, 어디까지나 소문일 뿐이었다. 하지만 아이들은 겁에 질려 부모의 품을 파고들었고 어른들도 밤길을 나다니지 못함은 물론 버려진 화장실과 폐가를 멀리 피해 다녔다.

모든 흉사는 늦가을이 되어서야 사라졌다. 건조한 날씨가 한 달 이상이나 이어지다가 불이 났다. 논두렁에서 시작된 작은 불이 강풍을 타고 산불로 번졌다. 마을 사람 전원이 물동이를 들고 날라도 속수무책이었다. 성모보살은 서낭당을 지켜야 한다고 방방 뛰었지만 순식간에 산악을 뒤덮는 화마를 피할 길은 없었다. 서낭당과 서낭목을 집어삼키고 수낭 국민학교까지 번진 불에 주민들 전원이 대피해야 했다. 마른 풀이 수북하게 뒤덮인 아메리카 김의 폐가와 화장실도 전소를 피하지 못했다. 모든 것은 남김없이 타버렸다.

진화가 완료된 폐허에 사람인지 짐승인지 구별 안 가는 시체가 발견되었다. 머리 부분에 커다란 뿔 같은 것이 하나 붙어 있었다고 하나 검게 탄 시체의 정체를 아는 사람은 아무도 없었다. 그날 이후 염소 목격담은 완전히 사라지고, 성모보살은 어떤 귀신이 빙의됐는지 혀를 내밀고 알아듣지 못할 외국어를 온종일 읊조리다가 벌게진 눈을 감지도 않은 채 목을 매 자살했다.

불에 탄 학교와 주변 건물은 철거되었으나 아메리카 김의 유족은 끝내 나타나지 않았다. 악마조차 접근을 꺼린 무서운 땅이라 그런 건지, 애초부터 친척이 없어서 그랬던 건지는 몰라도 사람들은 너무 늦게서야 폐가를 허문 처사에 혀를 찼다.

시간이 흐르면서 수낭의 담벼락에는 벽화가 생겼고 골목에는 방송에 소개된 유명 장터도 생겼다. 도로가 정비되고 관광버스들이 철마다 단풍을 구경하러 몰려들었다. 여기저기에 가로등이 설치되고 편의점과 주유소가 개업했다. 이상식이 토째비*를 만났던 야산에는 아파트가 들어섰다. 하지만 그 모든 문명화의 햇살도 원초적인 그림자까지 가릴 수는 없었다. 그 그림자는 개발의 낙후와 사나운 인심으로 고스란히 옛 악덕의 대를 잇는 데 성공했다.

수낭 국민학교가 있던 자리에는 공무원 연수원이 들어섰고, 죽

---

* **토째비** : '도깨비'의 경상도 지방 사투리. 진짜 모습을 본 사람이 없어 실존 여부가 명확치 않으나 주로 술이 토째비를 부르는 것으로 알려져 있다. 술에 취한 사람이 제 집을 못 찾고 엉뚱한 길로 빠지거나, 평소 알던 길을 가다가도 정신을 차려보니 가시덩쿨 숲이나 늪이나 강 한가운데 있음을 발견하거나, 어떤 사람을 만나 동행하다가 밀착이나 몸싸움 끝에 깨어보니 그 대상이 나무나 빗자루 따위였음을 알게 될 때 토째비에 홀렸다고 말한다. 주로 혼자 있을 때 당하는 일이 태반이어서 귀신과의 상호작용과 결부된다. 여러 사람이 함께 있을 때는 이 현상이 잘 일어나지 않는다. 몸을 가누지 못할 만취에서 빚어진 환각 탓이라고 해석하지만, 당사자는 평소의 만취와는 다른 경험을 주장한다. 어떤 초자연적 존재가 개입해 이성적인 상황을 환상적으로 왜곡시켰다는 것인데 그 존재에 이름을 붙여 인격화한 것이 바로 토째비다.

은 성모보살을 대신해 다른 무녀가 건물 개창 굿에 참여했다. 어떤 사람은 술자리에서 그 무녀의 눈이 올빼미의 눈이었다고 얘기하다가 헛소리하지 말라는 빈축을 샀다.

외지인을 향한 수낭 사람들의 적개심 가득한 눈매는 예나 지금이나 변함없었다. 오직 자신이 몸을 담근 우물이 온 천하라고 자부하는 개구리들의 눈매. 사람들은 그런 섭주 수낭 사람들을 '귀신처럼 무서운 사람들'이라고 표현했다. 문명이 발전하고 시대가 변해도 수낭의 요상한 전설과 지역 이기주의, 그리고 입에서 입으로 전해지는 야담도 끝없이 이어졌다. 하지만 이상식 선생을 기억하는 이는 없었다. 작게 속삭이는 데는 능하지만 크게 떠벌리는 데는 눈치부터 살피고 보는 지방다웠다.

이 이야기는 여기까지다. 한국의 동신 신앙은 그 마을의 번영과 안녕과 축원에 큰 뜻이 담겨있다. 공동체의 화목, 이웃사랑의 실천, 상부상조와 경조사 나눔이 다 여기서 나온다. 그러나 모든 마을이 다른 마을을 적대적인 눈으로 바라보고 다른 마을보다 앞서야 하는 '최고인 우리 마을'만을 바란다면 그 신앙도 언젠간 눈알 부라리는 경쟁이 될 것이다. 이 경우 내가 아닌 다른 쪽의 번영은 배가 아픈 경계대상이 된다. 남을 경계하고 수용하지 않으면 폐쇄적이 되고 흉악해지기 일쑤이다. 원래 악마이기 때문에 악마가 가장 악한 것인지, 악마만큼 무서운 짓을 태연히 벌이는 자들이 악마보다 더 악한 것인지 명쾌한 답을 아는 이는 없다.

박해로

오컬트 포크 호러

며느리는
약했지만
여인은 강했다

1

　섭주군청 문화관광과는 최근 〈열녀의 집〉을 철거하기로 결정
했다. 〈열녀의 집〉이란 별채 넷에 곳간 셋과 마굿간 둘을 갖춘 으
리으리한 양반 고택을 가리키는 별칭인데, 정식 명칭은 〈만석지기
최 진사 고택〉이었다. 네 개의 별채 중 끄트머리에 있는 '별당 부
인'의 집이 가장 유명해 〈열녀의 집〉으로 명칭이 바뀌었다. 사실
이 별채만이 1800년대부터의 역사를 거쳐온 실물이며, 나머지 건
물은 최신 기술이 들어간 모조품에 불과했다. 핏줄 모두가 사망해
진사 댁의 후손은 없다고 알려졌다. 따라서 건물의 임자도, 유지

보수의 관리주체도 섭주군청이 되었다.

군에서는 많은 돈을 들여 이 고택에 유서 깊은 분위기를 담아보려 했으나 보수 공사 때마다 하자가, 아니 문제가 생겨났다. 기둥을 박은 지반 아래로 그전에는 없던 물이 흘렀고 새롭게 치장한 기와 위로는 멀쩡하던 고목이 쓰러져 지붕을 쪼개버렸다. 진흙탕물이 아니라 시뻘건 피였다고 주장하는 사람이 있었고 나무 부러지는 소리가 사람이 내지르는 '불가不可(안 된다)!'처럼 들렸다고 주장한 사람들이 있었으나 가짜뉴스 취급을 받았다.

고택 안에서 원인을 알 수 없는 화재가 세 차례나 일어났는데, 불길 한가운데서 쓰개치마를 입은 여자의 형상을 봤다는 목격담도 불길을 탄 듯 활활 번졌다. 신기한 것은 그 모든 흉한 일에도 열녀가 살았던 별당만큼은 아무 일도 없었다는 점이다. 바람을 정면으로 받는 위치에 있어도 별당에는 화재의 불길이 접근하지 못했고, 산사태가 볼링공처럼 굴려보낸 바위는 열녀의 별당이 아닌 다른 별채만 박살냈다. 그래서 앞서 말했듯 〈열녀의 집〉만이 '실물'인 것이었다.

공무원들은 희망을 갖고 수리와 홍보에 열심이었으나 별 특징도 없고 여타의 민속촌보다 나을 것도 없는 옛 가옥을 관광객은 찾지 않았다. 하자는 해마다 늘고 유지보수비도 급격히 늘어 밑

빠진 독에 물 붓기란 말들이 나왔다. 그러다가 이번에 새롭게 바뀐 군수가 지역경제 활성화를 위해 과감한 철거작업을 지시한 것이다. 군수는 고택을 밀어버리면 넓게 깔릴 부지에 전국 어린이를 대상으로 한 오싹한 놀이공원인 〈섭주 포크 호러랜드〉를 짓겠다는 공약을 후보 때부터 내세웠고, 당선되자마자 중앙부처에 예산 증액을 신청했다. 관광객이 몰려오고 상업이 번창할 생각에 지역 주민들은 대환영이었다. 그렇잖아도 최 진사 고택은 떼버릴 수 없는 혹 같은 존재였다. 앙상한 나무들에 둘러싸인 썩은 건물은 아름답다기보단 음침했고 귀신의 속삭임이 느껴지는 공기 가운덴 소소한 괴변들이 끊이질 않았으니 말이다. 남편 잃은 과부가 살았던 것은 사실이나 1980년대에 제작되었다는 추측이 난무하는 열녀문 비석으로 옛날의 별당 부인이 진짜 열녀인지 아닌지도 알 수 없었다. 즉 이 문화재도 아닌 장소의 문화재 취급은 조작일지도 모른다는 것이었다. 하지만 거기엔 사람들의 입을 차단시키는 뭔가가 있었다. 그래서 '남들'이 대신 해줄 때까지 그들 각자의 '나'는 먼 거리에서 지켜만 보았을 뿐이다. '내가 나설 필요는 없다. 괜히 나서다간 시범케이스로 재수 없는 일을 당한다.' 이것이 사람들의 심리였다.

군수가 당선되고 섭주 포크 호러랜드가 핫이슈로 대두되자 이

해관계에 있는 군민들은 군수에게 은밀히 정보를 주었다. 저 고택은 귀신들린 터 위에 지어졌으니 철거를 전후하여 반드시 액막이를 해야 한다고. 이는 군수를 위한 조언이면서 자신들을 위한 예방접종이기도 했다.

군수는 거절할 이유를 찾지 못했다. 그렇잖아도 뇌물사건으로 구속된 전임군수로부터 특이한 사건에 관한 인수인계를 받은 상태였기 때문이다. 섭주경찰서 의경 하나가 갑자기 맛이 가 한밤중에 완전무장한 채 방독면까지 덮어쓰고 소대원들을 학살한 사건이 있었는데, 그게 놈이 또라이여서 그런 게 아니라 그 지역 우물속에 들어앉아 사는 귀신과 간접 접촉이 있어서 그런 것 같으니 조심하라는 인수인계였다. 섭주에 오면 섭주법을 따르라. 즉 정신바짝 차려 귀신을 경계하라는 얘기였다. 대간리에 있는 그 〈화랑우물〉도, 무속인들이 모여 사는 무속촌도 최 진사 고택과 멀지 않은 곳에 위치했다. 매년 사주도 보고 점도 쳐 영혼의 세계를 부정하지 않는 신임군수는 철거에 앞서 원혼을 달래고자 밀본이라는 용한 남자 무속인을 불러들였다. 고택을 향한 밀본 법사의 해석은 군수를 오싹하게 했다.

"지금까지 최 진사 고택에 좋지 않은 일이 있었던 건 저 별당에 사는 열녀가 화가 나서 그런 것입니다. 저기에는 아직도 열녀가 삽니다. 사람들이 들락날락 시끄럽게 굴어 잔뜩 화가 나 있는 상태지만 고택을 철거한다면 사필귀정이 될 것입니다. 단, 저 별당만은 그대로 놔둬야 합니다. 제 집을 부수면 제비는 날아갈지라도 사람은 날아가지 못하니 기거할 곳 없는 별당 부인이 화를 참지 못할 테니까요. 지금까지 잘 지켜왔던 것처럼 별당 안 출입금지는 그대로 유지해야 합니다. 절대 거기에 들어가지 말고 다른 사람도 못 들여보내게 해야 합니다."

"어째서?"

"입장 바꿔 군수님이 명망 높은 열녀인데 낯선 사람이 불쑥 집에 들어온다고 생각해보세요. 안에 있던 사람이 가만히 있겠어요?"

"대체 그 별당 부인이란 어떤 혼령이요?"

군수가 물었지만 밀본 법사는 무겁게 고개만 저을 뿐이었다.

"그건 나도 모르겠습니다. 별당도, 거기 살던 사람도 조심해야 할 존재라는 것밖에는…. 나한테 굴복당할 기운이라면 내가 알 수도 있겠지요. 그렇지만 짐작도 가지 않네요. 나뿐만 아니라 그 댁 후손이 끊겼으니 아는 사람이 아무도 없을 겁니다."

2

공포소설 작가 최수현이 섭주 여행을 결심한 것은 기담을 수집하는 그의 레이더에 최 진사댁 고택을 철거한다는 정보가 포착된 후였다. 정확히 말하자면 동료작가 이새조의 소개가 있었고 그에게서 두툼한 자료를 받은 후였다. 본관도 섭주 최씨여서 여행에의 기대감은 드높았다. 최수현은 주로 민담과 전설을 채집하여 자기식으로 이야기를 만드는 작가였는데 책을 읽은 독자들은 무슨 놈의 공포 작가 책이 도통 무섭지가 않냐는 식의 반응을 보였다. 최수현으로서는 당연한 일이었다. 그가 추구하는 것은 무서움이 아닌 신비함이었기 때문이다. 세상에는 사람의 이성과 상식으로 받아들이기 어려운 일들이 매일같이 일어난다. 오관으로 이해 못 할 일에 무서움부터 느낀다면 그것은 배척의 대상이 된다. 하지만 신비함을 발견한다면 그것은 답을 찾는 관심의 대상이 된다. 관심은 지식이 되고 지식은 삶을 풍요롭게 한다.

최 진사댁에 자주 일어난 사건 재해 관련 기담은 최수현도 인터넷 까페를 통해 대강 알고 있었다. 이새조 작가가 건넨 자료에는 그보다 더 깊은 비밀들이 채록되어 있었다. 매우 흥미로운 정보였다. 철거가 완료되면 저주받은 고택을 알아볼 기회는 영영 없을

섭주최씨

것이었다. 그래서 최수현은 신비의 고장 섭주를 이번 소설의 소재지素材地로 택했다.

서울을 떠나 3시간을 달리자 네비게이션이 목적지에 도착했음을 알렸다. 날씨는 먹구름이 잔뜩 끼어 흐렸다. 최수현이 차에서 내렸을 때 건물을 부술 포크레인들과 부서진 자재를 담을 덤프트럭들이 고택 여기저기를 장악하고 있었다. 이 사이로 안전모를 쓴 사람들이 어항 안의 물고기처럼 돌아다녔다. 옛 기운을 간직한 고택은 말없이 이들을 내려다보았다. 최수현이 고택을 보고 떠올린 첫인상은 "날 좀 도와주게 젊은이. 저놈들이 나를 잡아가려 해" 하고 매달리는 진사 노인이었다. 중장비의 가동에 진동하는 고택은 정말로 흐느끼는 듯했다. 고택 뒤의 나무들은 낄낄대는 것처럼 앙상한 가지를 흔들어댔다. 이새조가 글로 알려준 이야기들이 뇌리를 스쳤다. 그가 얘기했던 것처럼 〈낙탄사〉라는 절은 지금은 존재하지 않았고 옛터만이 약간이마나 흔적을 보여주고 있었다.

최수현은 문제의 별당으로 갔다. 열녀가 살았다는 별당은 출입금지 팻말이 가장 컸다. 사진에서 보던 것과 똑같았다. 싸리나무를 둘러친 울타리 담장 안에 하나의 부엌과 두 칸의 방이 가로로 나열된 초가집이었다. 볏짚 지붕 때문에 전체적으로 황금 빛깔이 감도는 은은한 거처로 정숙한 부인을 연상시키는 기품이 있었다.

큰돌을 쌓아올린 기단 위에 한자가 새겨진 기둥들과 서까래가 지붕을 지탱했고, 마루에는 다듬잇돌과 부서진 베틀 일부분이 놓여 있었다. 그 옆에는 무료배부용인지 홍자성洪自成의 동양고전《채근담》이 높이 쌓여 있었다. 열녀 부인의 드높은 절개처럼 부엌도 방도 문이란 문은 굳게 닫혀 있었다.

최수현은 초가집 앞에 세워진 해설문을 보았다.

18××년 열녀 김씨는 섭주의 호장공戶長公 최관석과 백년가약을 맺어 신접살림을 시작하였으나 얼마 후 남편이 과로로 별세하여 홀몸이 되었다. 최 진사는 다홍의 친정으로 돌아가 재가할 것을 권했지만 김 씨는 "이미 저는 섭주 최씨 사람이 되었으니 남은 인생 시부모님을 모시는 길만이 며느리의 도리입니다"라며 일평생 시부모를 지극정성으로 섬겼다. 김 씨는 시아버지가 전해준《채근담》을 죽을 때까지 손에서 놓지 않았고 책 내용 그대로를 실천에 옮기면서 살았다. 나이가 들어 치매에 걸린 시부모를 수명이 다하는 날까지 수발 간병해 대표적인 효부로 온 고을의 칭찬을 모았음은 물론, 양조와 길쌈, 한약 제조 등 생활의 기술에도 장인에 가까운 재주를 보여 이웃 고을까지 지식을 보급한 천재적인 신여성이었다.《섬사비법》,《추비천》 등의 저술까지 남기는 등 부인의 활발한 조예가 문학에까지 미쳤는데 오늘날

이 작품들은 소실되어 전하지는 않지만 그 시대 여자로서의 법도, 시대를 앞서간 창의력, 드높은 예술정신까지 부인이 이룬 열녀의 성취는 오늘날에도 여전한 존경을 받고 있다.

"호장과 결혼했다고? 진사댁 아들이 기껏 호장이었다고? 호장공은 오늘날의 하급 지방공무원이잖아?"

최수현은 팔짱을 낀 채 해설문을 다시 한번 읽어보았다. 비지정 문화재 몇 호 따위 표기는 없었다. 중앙에서도 지역에서도 문화재 지정을 받지 못했다는 말이다. 별당 초가집 옆에는 〈고절부다흥 김씨지문高節婦多興金氏之門〉이라고 적힌 열녀비가 있었는데 이것 역시 인조대리석 같은 재질로 미루어 근현대의 동민들이 자체적으로 만든 것 같았다.

"뭔가 조작의 냄새가 짙다. 검증이 되었는지 안 되었는지 모르는데 완전 찬양 일색이잖아?"

"관광객이세요?"

젊은 여자가 불쑥 나타났다. 최수현은 돌아보면서 "예" 하고 대답하다가 갑자기 등덜미가 서늘해 다시 초가집을 돌아보았다. 화살 같은 요기가 엄습했다. 현악기의 고음처럼 귀청을 찢을 듯한 기운이었지만 실제로는 아무 소리도 들리지 않았다. 김 부인의 별당은 백 년이 넘는 세월 동안 그랬던 것처럼 그 자리에 그대로 서 있을 뿐이었다. 그러나 젊은 여자는 아무것도 느끼지 못한 듯 손가락으로 멀리 있는 2층 건물만 가리켰다.

"아빠가 저기 펜션 운영하시는데요. 가격이 성수기 반값도 안 해요. 시설도 새것이라 괜찮구요. 혹시라도 숙박업소 구하시면 저 길 찾아주세요."

"예약도 안 했는데 펜션 숙박이 가능하단 말이죠?"

"워낙 비수기라서요."

"아버님이 섭주에 오래 사신 분인가요?"

"평생 살아오셨죠."

열녀 김씨에 관해 궁금증이 인 마당에 여관 주인보다는 펜션 주인이 나을 것 같았다. 손님이 자기 하나뿐이라면 대화의 기회가 있을 것이다.

그녀를 따라가 보니 펜션은 건물이 깔끔하고 부대시설도 훌륭했다. 가격도 아주 싸게 쳐주는 바람에 다른 숙박업소는 찾을 필요도 없었다. 무엇보다 운이 좋았던 건 길을 안내한 아가씨가 최수현을 알아봤다는 점이다. 기선이란 이름의 그 아가씨는 짐을 정리하던 최수현의 책을 눈여겨보았고 그 책의 저자가 눈앞의 손님임을 눈치챘다. 최수현의 소설을 하나도 빠짐없이, 그것도 아주

재미있게 읽었다고 했다. 최수현이 신작 사인본을 한 권 건네면서 비슷한 소재를 또 찾기 위해 섭주를 찾았다고 하자, 몹시 기뻐하며 자신이 도울 수 있는 건 무엇이든 말해달라고 했다. 뜻하지 않게 최수현은 든든한 아군이자 검색엔진보다 우월한 정보제공처를 얻은 셈이었다.

열녀 김씨가 궁금하다고 하자 당장 폭풍 같은 답이 돌아왔다.

"예전에 그 고택을 관리하던 분이 계셨어요. 공무원 출신인데 지금은 골동품 상점을 운영하세요. 오래된 문서란 문서는 다 보관하고 계시는 분이에요. 별당 열녀 관련 문서도 분명 있을걸요? 그분만큼 여기 역사를 잘 아는 분은 없죠. 알콜중독자라 매일 술을 마시지만 주사는 없으니 소주 몇 병만 사들고 찾아가보세요. 원하는 정보는 다 들을 수 있을 거예요."

"거기가 어딥니까?"

"기선이 니가 안내해드리고 와라."

펜션 주인 부부가 빙긋 웃었다. 그렇게 최수현은 기선의 안내로 골동품 가게 〈고문관考文館〉을 찾게 되었다.

3

장독, 절구통, 나무 궤짝 따위가 질서 있게 놓인 〈고문관〉 문을 열었을 때 방울이 딸랑 하고 울렸지만 개량 한복 차림의 남자는 깨어나지 못했다.

"CCTV도 없는데 도둑놈 오면 물건 다 들고 가겠네."

기선이 음성을 높이자 졸던 남자가 눈을 떴다. 그녀가 아무것도 가져오지 않은 걸 안 남자는 다시 눈을 감았다.

"그래서 가짜만 진열해 놓았잖니, 기선아. 네가 유치원 다닐 때부터."

"그때 아저씬 면사무소에 계셨잖아요?"

"그랬지. 그때 진열한 사람은 내 아버지였어. 부전자전이지. 우리 집안 사람은 의심이 많아 출입문 근처에 값나가는 물건을 갖다 놓은 적이 없단다. 그나저나 빈손으로 왔니? 너네 아버지 왜 요샌 여기 안 온다니? 술 끊었다디?"

"여기 손님 안 보여요?"

〈고문관〉의 주인 금천수는 안경을 매만지며 그제서야 최수현을 바라보았다.

"아, 기선이가 기특한 일을 했구나. 찾으시는 물건 있어요?"

"술 한잔 대접하고 싶어서 찾아왔습니다."

"별당 김씨 부인이 궁금해서 오신 작가님이세요. 성도 최씨고요. 섭주 최씨요."

"본관만 그렇지 섭주에 오긴 처음입니다."

금천수가 잘 오셨다며 환영했다. 최수현은 섭주의 인심이 야박하지 않아 마음에 들었다. 통상적으로 이방인이 토착민에게 지역 정보를 얻어듣기란 쉬운 일이 아니다. 오랜 시간과 공들인 접근이 있어야만 꽉 닫힌 입을 열 수 있다. 기선의 중재로 일이 잘 풀렸다. 돼지두루치기에 막걸리 몇 병을 시키자 금천수는 금세 아는 것을 털어놓았다. 얼마 안 있어 포장 생선회를 손에 쥔 기선의 아버지도 〈고문관〉에 합류했다. 알고보니 두루치기를 주문한 실내포장 〈술을 받으라〉의 사장은 기선 아버지의 처남이었고, 생선회를 산 〈나는 자연산이다〉 사장은 처남의 사촌형이었다. 최수현은 집성촌의 좁은 동네를 의식하면서 한층 더 열녀 김씨에 대한 궁금증을 키웠다. 술이 몇 순배 오가고 난 뒤 질문을 던졌다.

"김 부인은 어떤 분이셨나요?"

"그 질문은 어떤 관점에서 물으시는 게요?"

금천수가 손가락으로 안경을 밀어올렸다. 학구적인 분위기가 있는 사람이었다.

"이곳은 작은 도시지만 최 진사 고택에서 일어난 불가사의한 일은 전국의 많은 사람들이 알고 있습니다. 공포와 신비를 다루는 사람들에게 그 고택은 일종의 성지 같은 곳입니다. 저는 공포소설가의 관점에서 물어보는 겁니다. 원칙적으로 열녀의 집이라면 후손에게 본보기가 될 좋은 기운만이 있어야 맞습니다. 실제 그런 기운이 없다고 해도 추앙과 존경을 통해 비슷한 환경을 만들어야 하죠. 그게 지역발전이고 지역이 발전해야 사람들도 돈을 버니까요. 하지만 그 고택과 관련해 좋은 말을 들어본 적이 없습니다. 원인불명의 화재사고나 홍수도 아닌 시기의 산사태 같은 불행한 소식만 들려왔죠. 별당은 조금도 손상을 받지 않은 사고 말입니다. 이런 말씀 실례일지 모르나 매니아 사이에선 저 고택이 한국의 저주받은 구역 50위 안에 듭니다. 원인은 별당이라고 보고 있죠. 그런데 제가 여기 와서 관광표지판을 보니 열녀 부인을 향한 칭찬 일색이었습니다. 문화재 지정 표시가 없었고 부인의 일생도 아마 추어같이 요약해놨다는 느낌입니다. 어쩌면 거짓말 같기도 하고요. 진사 아들이 호장공을 지냈다는 게 솔직히 믿기지 않습니다."

"대단한 관찰력이오."

금천수는 판소리라도 하려는 소리꾼처럼 막걸리 대접을 비운 후 손에 쥔 부채를 다른 손에 탁 때렸다.

"만약 이 세상 어딘가에서 과학으로 설명 못 할 일이 일어나고 귀신이 등장한다면 그건 다 이유가 있어 그러는 거요. 한이 서려야 원혼도 그 땅에 달라붙는 법이오. 결론적으로 말해 최 진사 부부는 칼잡이를 고용해 며느리인 김 부인을 죽이려 한 역사가 있소. 거기까지가 이 지역의 우리가 대충 아는 사실이오. 하지만 고택이 관광지가 된 마당에 그런 사실을 그대로 밝힐 순 없지. 자, 지금부터 내가 '거기까지의' 진실을 얘기해주겠소. 그 뒤의 진실을 알아내는 건 작가 양반의 선택이고 그걸 책으로 써낼 책임과 용기도 작가 양반의 몫이오. 왜냐하면 '거기까지의 진실'만이 넘지 않는 선이기 때문이오."

"어떤 선을 넘는단 말입니까?"

"생명의 선이지 뭐겠소?"

금천수가 호탕하게 웃다가 언제 그랬냐는 듯 웃음을 지웠다.

"저 고택을 일군 최 진사의 정체는 과거에 급제한 선비가 아니라 해산물을 유통하던 상인이었소. 막대한 돈을 벌어 제물포 최고의 부자가 되어 세간의 부러움을 사던 거상 최치선이 바로 그였소. 하지만 정승만큼의 부를 누린 최치선에게도 지울 수 없는 낙인이 하나 있었으니, 그가 타고난 천한 피였소. 그는 어느 대갓댁 외거노비의 아들이었다고 하는데, 열 살 때 가족들과 헤어져 어느 상인단에 들어가 장사를 배운 후 고생 끝에 중년의 부를 이룩한 거요.

나이가 든 그는 양반이 되고 싶어했고, 결국 돈을 써서 그 소망을 이루었어요. 자기를 알아볼 사람이 없을 곳에 정착하면 과거를 알 리 없다고 생각하고 경상도 섭주까지 내려왔소. 버젓이 종씨들이 사는 섭주에 말이오."

"아니, 어째서 그런 방법을 쓴 거죠? 토착민 성씨들이 대번 의심을 할 텐데요?"

"섭주에 같은 종씨들은 살아도 결속력 있는 문중門中은 있지 않았소. 그들 중 양반은 아무도 없었단 말이오. 최치선은 그 사실을 미리 알고 아무것도 모르는 그들 위에 군림하기 위해 일부러 그곳을 정착지로 고른 거요."

골동품상 금천수가 알려준, 진사가 된 거상 최치선의 사연은 대강 이랬다. 최치선이 정착할 섭주 대간 마을은 반촌이 아닌 양반 없는 민촌이었다. 가난한 이 마을에 별채와 곳간, 마굿간과 외양간을 여러 개 거느린 으리으리한 고택이 들어섰다. 공사가 끝나자 사병私兵이나 다름없는 건장한 하인들을 거느린 최치선 일가가 고택으로 이주해왔다. 사람들은 굴러들어온 돌이 박힌 돌을 뺀다며 텃세를 부렸지만 최치선의 힘은 문, 무 양쪽으로 강력했기에 오히려 복종해야만 했다. 하늘 같은 양반 신분에다가 건달패 같은 그의 하인들 수십 명 앞에서 사람들은 진짜 섭주 최씨 일가가 맞냐고 의문조차 제기하지 못했다. 정착하자마자 최치선이 빼앗다시피 사들인 땅을 부쳐서 먹고 살려면 오히려 그의 눈에 들어야만 했으니까. 이렇게 최치선은 쉽게 마을을 장악해 지주와 양반 행세를 다 했다.

최치선에겐 여섯 자식이 있었는데 다섯 명이 딸이요, 막내가 아들이었다. 딸들은 모두 대처로 시집을 보냈다. 양반과 사돈을 맺고 싶었으나 뜻대로 되지 않아 중인 명문가의 자제들 중에서 간택해 혼인시켰다. 하지만 하나뿐인 아들만큼은 뼈대 있는 양반 가문에서 며느리를 데려와 천한 피를 후손들이 희석시켜주길 바랐다. 글방선생을 모셔온 최치선은 아들에게 공부를 시키는 한편 그 자신도 평생 멀리했던 책을 읽기 시작했다. 그 책이 바로 《채근담》이었다. 불행하게도 아들은 공부에 재주가 없고 놀기 좋아하는 한량이라 아비의 의도를 따라주지 않았다. 할 수 없이 최치선은 일단은 향직鄕職인 호장의 자리에 아들을 강제로 앉혔다. 유능한 행정실무관들인 사위들처럼 아들이 과거 급제가 안되면 관료 사회에서라도 성공하길 원했던 것이다. 일 좀 배우고 철 좀 들라는 교훈이 담긴 아버지의 배려에 아들은 전혀 호응하지 않았다. 최치선의 아들 최관석은 노름과 주색잡기를 학문처럼 다루는 성향을 호장이 되어서도 고치지 않았다.

최치선은 섭주 인근 지역인 다흥에서 빚더미에 몰락한 어느 양반을 소개받고 그 양반에게 거액의 재산을 보내주는 댓가로 무남독녀 딸을 며느리로 데려오는 데 성공했다. 그 여인이 바로 훗날 열녀 김씨가 되는 김수金秀였다. 이미 정인情人이 있었음에도 무너져가는 집안의 결정으로 최씨 가문에 본의 아니게 시집을 오게 된 여인 김수는 운명에 굴하지 않고 새로 얻게 된 위치에서 최선을 다했다. 시부모를 향한 예의범절에 노심초사하며 정이라곤 없는 남편에게도 내조를 아끼지 않았다. 그러나 최관석은 자신과는 모든 면에서 높이가 다른 양반 가문 아내가 탐탁지 않았다. 아름답고 재주도 많고 주어진 팔자에 순응하는 착한 아내를 방치하고 가사에 무신경하며 향직에도 뜻을 멀리한 채, 오직 기방과 노름판에만 모습을 드러냈다.

최치선은 양반의 피가 섞인 손주를 하루빨리 원했지만 며느리에게 아이는 좀처럼 생기질 않았다. 아들을 불러 야단을 치고 회초리를 들어도 소용없었다. 아들의 기방 출입은 늘고 귀가가 늦는 횟수도 잦아졌다. 문득 아들에게 문제가 있는 건 아닌가 하는 생각이 들었다. 최관석이 어린 시절 마당에서 놀다가 목 끈이 풀린

강아지에게 하초를 다친 일이 있었던 것이다. 진사는 몰래 아들과 어울린 기녀들을 수소문했고 최관석이 정상적이지 않은 행위들로 성적인 쾌락을 찾으려 했다는 충격적인 사실을 알게 되었다. 아들은 아이를 가질 수 없는 불구자였던 것이다.

그럼에도 양반의 피를 자신의 가문에 옮기려는 진사의 허황된 욕심은 갈수록 커졌다. 어느 날 진사는 며느리를 불러 인근 절에 가 아이가 생기도록 불공을 드리라 했다. 김수는 잠자리를 멀리하는 남편에 대해 할 말이 있는 눈치였으나 끝내 입을 닫은 채 시부모의 명을 따랐다. 여종 하나만 대동한 채 인근 〈낙탄사〉에 가 정성으로 백일기도를 시작했다. 〈낙탄사〉는 바로 최 진사가 섭주로 이주하면서 지은 개인 사찰인데, 부를 과시하려는 상징물이기도 했다. 그의 가족을 제외하고는 아무도 이 절에 출입하지 못했다.

불공을 드리러 간 지 사흘째가 되는 날이었다. 김수가 피투성이가 되어 집으로 돌아와 온 집안이 발칵 뒤집혔다. 따라갔던 종이 말하길 어떤 남자가 칼을 빼들고 사찰의 골방에 몰래 들어와 혼자 기도를 드리던 마님을 겁간하려 했는데, 마님이 제 몸을 돌보지 않고 싸워 치한을 애꾸눈으로 만들어버리고 끝내 정조를 지켰다는 것이다. 상을 받고 치료를 받고 위로를 받아야 마땅한 일이었으나 무슨 이유에선지 시아버지와 시어머니는 낙담한 표정을 지었다. 이때 김수는 고개 들어 일생에 단 한 번 시부모를 '노려보았다'고 한다.

처음엔 겁이 났다가 시간이 흐르자 겁이 분노로 바뀐 최 진사는 며느리를 별당에 가두다시피 하고 바깥출입을 못하게 했다. 내가 던진 암시를 네가 감히 거절했느냐는 일종의 벌이었다. 남편 최관석은 한술 더 떴다. 행실을 어떻게 하고 돌아다니길래 남정네를 불러들였냐며 잡아먹을 듯 부인을 다그쳤다. 별당에 홀로 남은 김수는 곁에 아무도 없자 쓰러지듯 엎드려 흐느껴 울었다. 고향이 그립고 부모님이 그립고 말 한 마디 못 하고 헤어진 정인이 그립고 팔자가 서러웠다.

김수는 초인적인 정신력으로 갇힌 별당 안에서만 생활했다. 문을 잠그지는 않았지만 그녀는 바깥출입을 거의 하지 않았다. 성범죄 피해자인 그녀가 죄지은 사람마냥 《채근담》 한 권만 던져진 골방 안에 갇혀 지내야 했다. 때는 초여름이라 6월과 7월 더운 시기를 갇혀 지낸 셈이었다. 경박하게도 '독종'이라는 말이 시부모의 입에 오르내렸다. 여종은 오랜 시간 갇힌 별당 마님이 미치는 건 아닌가 걱정했는데, 오히려 김 부인은 《섬사비법》, 《추비천》 등의 저술을 남겨 사람들을 놀라게 했다. 그녀는 열에 들뜬 모습이었고 눈빛도 이상했다고 하지만 총기는 오히려 더 나아졌다고 한다.

8월 하순, 최관석이 평소 애지중지하던 기생과 오입질을 하다
가 질식사한 일이 벌어졌다. 왜나라 서적을 보고 밧줄로 서로의
목을 조르면서 극락의 환희를 얻어보고자 한 모양인데 장난질이
비극이 되어버렸다. 하나뿐인 아들을 잃은 최치선은 슬픔보다 낯
부끄러움부터 느꼈다. 상인일 때는 세상만사가 뜻대로 풀렸는데
무리하게 양반이 되고 나서부터 모든 것이 엉망이 되었다. 그는
돈을 써서 아들의 사인死因을 연속된 공무에 따른 과로사로 만들
어버리고 그 공적을 가짜로 새긴 비석을 세웠다.

상여를 따라가며 남편을 떠나보낸 김수는 손수건을 입에 대고
울었다. 그 울음이 남편이 아닌 자신의 불행한 처지에 대한 울음
인지는 몰라도, 동네 사람들은 가짜 양반 최치선 부자와 달리 이
부인만큼은 진정한 정절의 명문가 여인으로 보았고, 강제로 타향
에 시집와 서서히 웃음을 잃게 된 불행한 여인을 동정했다. 김수
는 고향을 떠나오면서 처음 웃음을 잃었고, 철없고 애정도 없는
망나니 남편에게서 두 번째로 웃음을 잃었고, 이제 그 남편이 죽
어 별당에 영원히 구속된 신세가 되자 완전히 웃음을 잃었다. 친
정으로 보내 개가를 권했다는 시부모의 관용은 열녀 표지판의 빛
을 조금이라도 더 강렬하게 보이려는 그들만의 거짓이었다.

김수는 그리운 고향 쪽 하늘을 바라보며 홀로 고즈넉이 노래를 불렀고 그리운 사람들을 그림으로 그렸다. 요즘으로 치면 우울증이 찾아온 것이다. 실제로 그녀는 이때부터 이상한 행동을 보였다 하고 소문도 따라다녔다. 마을에 해괴한 사건들이 잇따라 일어났던 것도 시기가 비슷했다.

춘동이라고 불리는 아이는 뒷산의 유명한 사람 형상 나무 아래에서 발가벗고 있던 두 명의 여자를 봤다고 했다. 한 사람은 알아볼 수 없었지만 한 사람은 최 진사댁의 정숙한 그 부인이라고 했다. 삿갓을 쓴 사람과 부인이 몰래 만나는 광경을 본 사람도 있었는데, 삿갓 쓴 사람만 뭐라고 계속 말하고 부인은 허수아비처럼 앞만 바라본 채 그 사람을 쳐다보지도 않았다고 한다. 그러나 그 뒤에도 삿갓 쓴 사람은 집요하게 부인의 뒤를 쫓아다녔다고 한다. 황소가 농부 부부를 머리로 받아 죽인 사건도 있었는데 근처에 있던 김수는 전혀 다치지 않았다는 말이 있었고, 아이와 닭이 뒤바뀐 요상한 사건에 김수가 연루되었다는 소문도 있었다.

꼬리에 꼬리를 문 이상한 소문이 최치선의 귀에까지 들어갔다. 망신에 낯 붉히고 망조에 분노한 최치선은 급기야 며느리를 죽일 계획을 세웠다. 살해한 후 나무에 목을 맨 것으로 꾸미고 가짜 유서를 만들어 떠나간 남편을 못 잊어 자결한 것처럼 보이게 한다면 나라에선 열녀문을 내릴 것이란 계산에서였다. 양반의 씨는 이 열녀문의 평판을 통해 양자로 대체할 생각이었다.

"실제로 김 부인은 시아비가 보낸 자객들에게 끌려갔소. 그런데 그날 그 현장에 무슨 일이 있었는지 부인은 살해당하지 않고 멀쩡히 돌아왔소. 그 뒤 부인은 시부모를 모시고 남은 10년을 함께 살았다지요. 시부모는 노망이 나 죽었는데, 마지막까지 그 부인이 수발을 들고 간호를 했다고 해요. 열녀문 팻말 전부를 믿을 순 없을지 몰라도 김 부인은 실제로 마지막까지 시부모와 함께했고 사람들은 그녀의 품행을 기려 열녀의 집과 비문을 만든 게요."

긴 사설 같은 말을 끝낸 금천수가 다시 부채로 손바닥을 탁 때렸다. 최수현은 심각한 표정을 여전히 풀지 않았다.

"마지막까지 시부모와 사이가 그렇게 원만했다면 저 집에 화재가 나고 알 수 없는 사고가 일어난 이유는 뭘까요?"

"김 부인은 목소리를 낼 수 없는 시대를 산 여인이었소. 시부모가 며느리를 죽이려 했고 겁탈의 방식까지 써서 대를 이으려 했는데 한을 품은 게 아니고 뭐겠소? 만약 고택에 일어난 사건들이 실제로 부인과 연관이 있다면 말이오."

최수현은 이들한테서 별로 얻어낸 소득이 없다고 생각했다. 이새조 작가가 보내준 자료가 훨씬 풍부했다. 그 자료에 의하면 훨씬 무섭고 사악한 일들이 최 진사 고택에서 디테일하게 벌어졌다. 2024년 지금 섭주의 이 사람들은 진짜 모르고 있거나 아니면 모르쇠로 입을 맞추고 있다. 이곳은 그들이 사는 곳이고 앞으로도 살아야 하는 곳이니까.

최수현은 다른 질문을 했다.

"김 부인이 남겼다던 《섬사비법》, 《추비천》은 어떤 책이죠?"

"섬사주蟾蛇酒를 알고 있소?"

"그게 뭔데요?"

"뱀과 두꺼비가 서로를 물고 다툴 때 둘을 한꺼번에 잡아 담그는 술을 섬사주라고 해요. 관절통에 명약이지. 김 부인은 양조 기술에도 일가견이 있다고 했소. 《추비천》은 나도 잘 모르겠는데 아마 부인의 파란 가을 하늘을 향한 감회를 담은 수필집이 아닌가 해요."

최수현은 기계적으로 고개를 끄덕였다. 이새조가 가르쳐준 정보를 이 사람들은 하나도 언급하지 않았다. 진짜로 모를 수도 있는 마당에 일부러 흑역사를 먼저 언급할 필요는 없겠다 싶었다. 이새조 역시 김 부인이 벌거벗은 여자와 있다가 아이에게 목격되었다는 사실, 삿갓 쓴 남자와 만난 사실을 언급했었다. 요상한 사건들 역시 기록으로 남겼다.

정숙한 부인이 벌거벗은 채 다른 여자와 있었다는 건 최수현에게 인상적이었다. 흔한 레즈비언 커플의 상상이 아니라 한국적인 산천초목 아래의 그 마술적인 장면이 아서 매켄Arthur Machen의 단편 〈위대한 신, 판〉의 한 장면을 연상시켰기 때문이다. 그는 포크 호러를 추구하는 작가였고, 정체가 불분명한 상대방 여자에게도 미스터리를 자극하는 특징이 있었다.

최수현은 떠보듯 물어보았다.

"그 부인이 나체로 다른 여자와 있었다는 말은 뭘 의미할까요?"

"외로움을 못 이겨 동성애에 빠져들었다 그거요?"

"그런 말은 아닙니다."

"그건 헛소문에 불과해요. 소문 많은 사람에 대한 일종의 스캔들 같은 거지."

"악성댓글, 마녀사냥 같은… 그런 거 말인가요?"

"그렇소."

"저도 그 부인이 살아온 과거를 보면 그런 손가락질을 당할 사람이란 생각은 안 드는데요."

"하지만 또 모르지. 우리가 그 시대를 살아보지 않았으니까. 우린 다 헛소문이라고 생각할 뿐이오."

"그래서 저 고택에서 자주 이상한 일이 일어나는 건 아닐까요?

내 명예를 다시 회복해달라는, 인생을 돌려달라는 부인의 항변 같은…."

"그 이유로 열녀로 추대하고 열녀비까지 세운 것 아니겠소?"

"아직 해결되지 않은 뭔가가 있는 것 같습니다. 부인을 직접 만나본다면 좋을 텐데…."

"100년 전의 인물을 인터뷰 하고 싶다 이거요? 정말 소설가들 머릿속은 우리랑 차원이 다르구먼!"

"부인과 같이 있었던 그 여자는 대체 누굴까요?"

"낸들 알겠소?"

술이 다 떨어졌다. 금천수는 자기가 2차를 살 테니 한잔 더 하자고 했다. 최수현은 이미 많이 마셨고 내일은 고택을 둘러볼 테니 그만 일어나겠다고 했다. 펜션의 부녀가 그와 함께 동행했고 금천수는 바깥까지 나와 이방인을 배웅했다.

"별당이 출입금지인 건 알지요? 영감 얻으려고 그 안까지 들어가는 우를 범해선 안 되오."

"하하, 예술을 위해서라면 귀신도 만날 수 있습니다."

---··•◦(4)◦•··---

　펜션으로 돌아온 최수현은 이새조가 보내준 열녀 김씨 관련 자료를 펼쳤다. 이새조가 모은 자료는 금천수가 알려준 개괄적인 내용이 아닌, 특정 날짜에 부인이 보였던 특정한 행적과 거기에 근거한 자신의 해석을 다루고 있었다.

　섭주로 원치 않은 시집을 오기 전, 김 부인에게 정인情人이 있었다는 이야기는 앞서 언급했다. 김수와 장래를 약속했던 그 남자 이유열은 바로 이새조 작가의 5대 조상이 되는 사람이었다. 이유열은 양반의 지위로도 어찌할 수 없는 돈의 무서움에 절망한 나머지 과거시험조차 포기하고 다홍에서 섭주까지 옛 연인의 뒤를 밟은 바로 그 '삿갓 쓴 사람'이었다.

　김수의 불행한 결혼 생활을 들은 이유열은 도망치자고 제안할 기회를 호시탐탐 엿보다가 그녀에게 일어난 뜻밖의 변화를 목격했다. 경악을 금치 못한 이유열은 그 요상한 변화를 기록하고 어떻게든 사람의 상식으로 해석해보려고 했다. 그 일에 얼마나 집착했는지 이유열은 죽으면서까지 풀지 못한 그 기록물을 후손에게 넘겼다. 하지만 전쟁을 겪고 새 시대에 적응하는 데 바쁜 후손들은 조상의 비현실적인 모험담에 관심을 기울이지 않았다. 그러다가 소설을 쓰는 이새조에 이르러 그가 찾는 소재거리와 비슷한 선조의 옛 이야기가 커다란 홍미로 다가온 것이다.

때마침 집안의 전원주택 리모델링 건으로 할아버지의 생가를 철거할 일이 생겼다. 골동품이라도 나올까 친척들과 다락을 뒤지던 이새조는 무슨 선물처럼 거미줄과 먼지투성이의 옛 문서를 다수 발견하게 되었다. 한자로 쓰인 조선 시대의 기록물이었다. 이새조는 대학 시절 친분이 있던 한문학과 출신 선배를 불러 해독을 의뢰했고, 발견한 문서가 바로 섭주 최 진사 고택에 시집 온 김수의 연인이자 자신의 선조인 이유열의 일기임을 알게 되었다.

최수현이 그 사실을 알게 된 것은 어느 날 이새조가 연락을 해왔기 때문이다. 이새조의 목소리는 평소와 달리 두려움으로 가득차 있었다.

"열녀 김씨 이야긴 도저히 못 쓰겠어요. 섭주에서 일어난 일을 내가 쓸 수는 없어요. 내겐 할아버지가 있었어요. 내가 태어나기도 전에 돌아가셨죠. 그분은 옛날 섭주의 돌아래마을이란 곳에서 뭔가를 찾다가 알 수 없는 이유로 돌아가신 거예요. 시신의 눈에서 뱀독이 발견되었다고 했죠. 팔이나 다리도 아닌 눈에서요. 더 이상한 건 뭔지 알아요? 그 동네의 주민들 모두가 난정호라는 호수에서 목 잘린 시체로 발견돼 그물로 건져졌다는 거죠. 할아버지 이름은 이병호인데 나처럼 소설을 쓰는 분이었어요. 그분이 무슨 이유로 그때 섭주에 계셨는진 모르겠어요. 소설을 쓰시려고 그랬는지 아니면 다른 목적이 있었던 건지…. 어쨌든 난 그곳에 갈 수 없어요.

내가 1800년대에 섭주에 잠시 살았던 옛 선조에 관해 연구하자 이상한 일이 일어나고 있어요. 건강이 안 좋아지고 보이지 않는 뭔가가 자꾸 눈에 보이는 거 같아요. 말도 안 되는 소리란 거 알아요. 포기했어요. 난 절대 이걸 쓰지 못해요. 내가 죽거나 미쳐버릴 수도 있다고 생각하니까요. 하지만 버리기엔 아까운 소재예요. 최 작가님은 포크 호러를 쓰니까 원한다면 자료를 그쪽으로 보내드릴 수 있어요. 물론 어떤 일이 일어난다고 해도 내 책임은 아니니 선택에 신중하세요."

최수현은 흔쾌히 그 자료를 받았다. 그는 초현실적이고 오컬트 느낌 가득한 책을 써왔지만 내용을 액면 그대로 믿어본 적은 없었다. 이야기는 이야기고 현실은 현실이다. '귀신은 없다. 귀신이 있다면 꼭 만나보고 싶다. 귀신 역시 유물론의 한 부류로 포함시켜야 한다.' 이것이 최수현의 사물을 대하는 태도였다. 이새조의 자료는 새로운 소재에 목말라하던 그에게 훌륭한 샘물이 되었다. 현장을 답사해 피와 살을 불어넣어 포크 호러오컬트 소설로 만들면

훌륭한 작품이 될 거라 믿어 의심치 않았다.

　냉장고에서 맥주 한 캔을 꺼낸 최수현은 이새조의 자료 중 몇 개를 간추렸다. 이유열의 기록 원문을 이새조가 한문에서 국문으로 옮긴 것이었다. 즉 이제부터의 기록은 가난한 선비이자 상처 받은 남자 이유열이 섭주로 잠입해 옛 연인을 지켜보며 쓴 내용인데, 여기서 언급되는 김수는 표면적으로 알려진 열녀와는 전혀 다른 인물이었다. 몇 번이고 종이를 넘기며 읽었던지라 순서는 거꾸로 되어 있었다. 최수현은 처음부터 읽지 않고 마지막에 읽었던 기록부터 거꾸로 읽어나갔다.

18××년 11월 1일

　이날의 기록은 느티나무 집 농부 천부귀가 사흘 전 목격한 보쌈 이야기를 받아적은 것이다.

　그날 밤은 칠흑 같았는데 칼을 찬 세 명의 자객이 자루에 넣고 날라온 물건을 내려놓았다. 입구를 푸니 자루 안에서 김수가 나왔는데 그곳은 지아비 최관석의 무덤 곁에 있는 재실齋室이었다. 재실은 나무판자로 사방이 막혀 있어 사람을 해치기에는 더없이 좋은 장소였다. 소변이 급해 볼일을 보다가 우연히 현장을 목격한 천부귀는 몰랐겠지만 자객들은 수를 목 졸라 살해한 뒤 시체를 버드나무에 걸어 스스로 목 맨 것으로 위장하려 했음이 틀림없다. 먼저 떠난 남편을 못 잊어 스스로 목숨을 끊은 것으로 꾸미면 최씨 가문은 열녀문을 받아 대대로 벼슬길이 열릴 터. 후손도 없는 최 진사가 이런 악독한 짓을 태연히 저질렀다니 천벌을 받아 마땅하다.

세 자객 중 하나는 애꾸눈인데, 몇 달 전 〈낙탄사〉에 불공을 드리러 간 김수를 겁탈하려 한 오규가 틀림없다. 당시 정조를 잃지 않으려는 여인의 필사적인 저항으로 오규는 한쪽 눈을 잃었고 이제 다시 복수를 하러 돌아온 것이다. 그때도 그랬고 지금도 그렇지만 오규는 김수에게 음심을 품은 것이 아니었다. 오직 아이를 배게 하고, 죽이라는 상전의 지시에 따랐을 뿐이다.

수는 세 자객에 의해 거칠게 끌려갔다. 오규가 직접 밧줄로 수의 목을 졸랐는데 한쪽 눈을 잃은 원수인지라 그럴만했다. 다른 두 자객은 수의 왼팔과 오른팔을 잡아 저항하지 못하게 했다. 지켜보던 천부귀는 난감했다. 도와주자니 자기가 죽을 것이고 모른 척하자니 여자가 죽을 판이었다.

그때 천부귀는 소리를 들었다. 목이 졸린 김수가 "증오의 눈길이 닿을 때 몸에서 병적인 현상이 일어날지니!"라고 소리쳤는데 입을 움직이지 않고도 목구멍에서 또렷이 나왔다고 한다. 동시에 거센 바람과 함께 아우성을 치며 몰려오는 것들이 있었다. 김수의 뒤편 어두운 숲속으로부터 몰려나온 두꺼비 떼와 뱀 떼였다. 태산을 이룬 축축한 것들의 공세에 자객들이 겁먹고 물러섰지만 미처 도망갈 틈도 없었다. 두꺼비와 뱀들은 순식간에 자객들의 몸통을 올라타고 저고리 속으로 들어갔으며 이빨로 깨물고 혀로 독액을 내뿜었다. 자객들은 비명을 지르며 옷을 벗어던진 채 피와 고름을 쏟으며 도망쳤다.

자객들을 쫓아낸 김수가 "숨어있지 말고 나오라"고 소리쳤다. 천부귀는 자기를 보고 그러는 줄 알고 어떻게 해야 할지 벌벌 떨기만 했다. 그러자 반대편 나무 그늘에서 누가 비틀거리며 걸어나왔는데, 틀림없는 최 진사였다. 김수는 최 진사를 향해 "또 한 번 내게 요망한 것이라고 불러봐라, 이 악독한 늙은이!"라고 삿대질을 했고 땅에 머리를 조아린 최 진사는 두 손 두 발을 모아 싹싹 빌었다. 김수가 알아들을 수 없는 주문을 외우자 자객들을 쫓던 뱀과 두꺼비 떼가 최 진사에게로 몰려와 위협을 가했다. 최 진사가 땅에 머리를 찧으며 거듭 빌자 마침내 김수는 손짓 한 번으로 뱀과 두꺼비를 물러나게 했다. 산짐승들이 김수의 지시를 알아듣고 명령에 복종한 것인데, 그간 김수가 보여왔던 이상한 행동이 하나둘이 아닌 점으로 미뤄보건대 천부귀의 증언은 거짓이 아닌 듯하다.

18××년 10월 21일

오늘 김수가 출타를 했다. 최 진사는 이를 모르는 듯하다. 나는 거리를 두고 뒤를 밟았다. 김수가 도착한 곳은 뒷산이었는데 역시 그 골짜기 그 숲이었다. 지금은 죽고 없는 아이 춘동에게 알몸인 모습이 목격된 망삭골의 짙은 숲. 함께 있었다던 여인이 궁금했지만 그 여인은 나타나지 않았다. 거대한 나방도 찾아볼 수 없었다. 김수가 찾은 곳은 거기 있던 사람 형상의 나무인 인상목 人像木이었다.

붓을 꺼낸 김수가 나무에다가 글씨를 쓴 뒤 사라졌다. 내가 확인해보니 《채근담》의 한 구절이었다. 최 진사가 그 책을 김수에게 건넨 이유는 자신이 양반사대부로서 학문에 조예가 있다는 걸 입증하고 싶어서였겠지만, 오히려 아는 것은 그 책 하나밖에 없다는 걸 실토한 결과가 되어버렸다. 최 진사가 글 공부를 하지 않은 가짜 선비라는 것은 명백하다. 영특한 김수는 《채근담》의 모든 구절을 외웠으리라.

以我轉物者 得苦不喜 失亦不憂 大地盡屬 逍遙

어제 농부 김귀출의 아내가 태어난 지 한 달밖에 안 된 막내에게 젖을 먹이려 포대기를 들췄다가 기절하는 일이 있었다. 아기가 사라지고 없는 대신 검은 닭이 포대기 안에 있었던 것이다. 마을 사람들의 수색 끝에 다행히 아기는 발견되었다. 김수가 "사람이 없어져도 대지에서 대지로 옮았을 뿐이오…. 동쪽으로 가면 닭을 키우는 농가가 나올 것이오"라는 의미심장한 말을 수색자들에게 알린 후였다. 아기를 찾은 곳은 김귀출의 집에서 5리나 떨어진 샘터길 장 서방네 닭장 안이었다. 평소와 달리 닭들이 지붕 위로 올라가 있어 아기는 털끝 하나 다치지 않았다. 장 서방 부부는 새벽에 밭일을 나갔고 그때 닭장 안에는 닭들밖에 없어 자기들은 전혀 모르는 일이라고 항변했다. 최 진사는 이들을 매질하고 김귀출을 안심시켰지만 그들 내외는 섭주를 떠날 결심을 하고 있다.

마 서방 부부가 죽은 일이 최근이니만큼 무서움은 빠르게 전염되고 사람들은 눈에 보이는 것 이상에 특별한 자의 존재감을 부여하고 있다. 귀신이 있다는 소문이 쉽게 떠다니고 있고 김수가 그 중심에 연결되고 있다.

김귀출은 최 진사의 지시로 다흥에서 섭주까지 김수를 데려온

가마꾼 중 하나였다. 당시 보행 중에 일부러 가마 다리를 떨구어 신부를 놀라게 한 일이 있었는데 사람들은 농번기에 가마꾼으로 억지로 불려 나와 불만이 많았던 김귀출이 일부러 손을 놓은 결과라고 했다. 그 김귀출 역시 이웃 사람에게 이런 말을 했다고 한다.

"장 서방은 나도 잘 아는 사람이야. 내게 아무 원한도 없어. 내 아이를 옮긴 건 몽달귀 짓이야. 그리고 몽달귀를 부리는 건 바로 저 여자야! 신들린 여자! 틀림없어!"

정말 김수의 짓일까? 김수가 어떤 능력을 터득한 걸까? 신이 들리고 나서 그 신이 초월적인 힘을 김수와 더불어 행사하는 걸까? 그렇다면 그 여자가 그 신일까?

"사람이 없어져도 대지에서 대지로 옮았을 뿐이오⋯. 동쪽으로 가면 닭을 키우는 농가가 나올 것이오."

김수가 나무에 썼던 채근담의 구절은 풀이하면 이렇다.

내 몸으로 사물을 움직이는 사람은 얻었다 하여 기뻐하지 않고 잃었다 하여 또한 근심하지 않으니, 이는 대지가 모두 소요하는 범위에 속하기 때문이다.

18××년 9월 25일

이틀 전에 죽은 물레방앗간 마 서방 부부의 시체를 거두어 갔음에도 아직도 핏자국은 흥건하다. 섭주 사또가 직접 대간 마을에 조사차 왔다. 작은 고을에서 왜 이리 흉한 사건이 많냐며 꾸짖던 사또는 최 진사를 만나자 개나 고양이처럼 아양을 떨었다. 부부를 뿔로 받아 죽인 황소는 아무것도 모른다는 표정으로 말뚝에 묶여 풀을 뜯고 있다.

섭주 사또는 사람도 사람 속을 모르는데 하물며 말 못 하는 짐승의 속을 어찌 알겠냐며 혀를 찼지만, 그 말 못 하는 짐승에게 기어이 형벌을 내렸다. 소가 명백한 범인이고 사건을 목격한 사람이 다수이니 연행해 가겠다는 것이다.

소 주인 한돌쇠는 울부짖었다. 누가 봐도 범인 검거가 아니라 재산 탈취였기 때문이다. 사또는 네놈 대신 소를 데려가는 걸 다행으로 알라고 협박을 한 뒤 소를 끌고 갔다. 섭주 동헌에 도착하면 과연 사또가 말 못 하는 황소에게 태장도유사의 형벌을 집행할까? 아마도 황소는 탐관오리의 재산이 될 터이다.

한돌쇠를 위해 내가 본 광경을 동헌에 제보하지는 않았다. 이틀 전 김수가 한돌쇠의 집 앞을 지났고 외양간에 들러 소의 귀에 귓속말로 뭔가 말하는 것을. 김수는 술병 같은 것을 갖고 있었는데 귓속말을 끝내자마자 구유에 병 속의 물을 부었다. 소는 눈만 껌뻑거렸지만 김수는 소의 등을 쓰다듬으며 정확하게 방앗간을 손가락으로 가리켰다. 물레방앗간 마 서방은 여러 가지 좋지 않은 일에 연관되어 있었다. 투전판, 기생집, 청부업 등 범법과 유흥에 관련된 일로 가욋돈을 벌어들이고 있었는데 김수의 남편 최관석에게 기방을 연결시켜준 거간꾼도 바로 마 서방이었다.

사람이 짐승에게 말귀를 알아듣게 해 어떤 힘을 행사하는 게 정말 가능할까? 김수는 그걸 해낸 것 같다. 조만간 황소가 사또를 어떻게 할지도 모르겠다. 하지만 인과응보라고 생각한다.

18××년 9월 11일

아이의 이름은 춘동이었는데, 사람들은 봄동이라고 불렀다. 사계절의 첫 번째를 전하는 이름답게 마음씨가 따뜻하고 매사 명랑한 아이라고 했다. 하지만 내가 만났을 때의 춘동은 혼백이 육신을 떠난 모습을 하고 있었다. 움푹 들어간 눈과 꽉 닫힌 입은 본 것에 야단 맞고 말한 것에 두들겨 맞은 불쌍한 모습이었다. 상대가 대간 마을 만석지기의 며느리니 그럴 만도 했다. 춘동의 아버지는 최 진사네 땅을 부치는 소작인이었다. 아이의 입을 열기까지는 많은 수고가 필요했다.

내가 궁금한 것은 그 아이가 최관석의 초상 후인 9월 초순에 망삭골의 인상목 주위에서 목격했다던 두 여자에 관한 정황이었다. 김수의 성격과 행동은 그 시기를 전후해 바뀌었고, 신기한 일에 그녀의 이름이 연루된 것도 그날이 거의 시초였다. 함께 벌거벗고 있던 어떤 여자와 목격이 된 이후.

춘동에게서 내가 얻어들은 건 이런 내용이었다.

9월 초엿새, 춘동은 친구들과 산을 헤매고 있었다. 그 전날 이웃집 아이 석한이 아이들을 불러놓고 나방 이야기를 했기 때문이다. 석한이 본 나방은 장닭만 한 크기였다고 하는데 사람 형상의 나무 인상목에 척 붙어 날아갈 생각을 하지 않았다고 한다. 그 나방은 사람의 백골과 매우 유사하게 생긴 무늬를 갖고 있었다고 한다. 석한은 징그럽기도 하고 놀라기도 해 나뭇가지로 툭툭 건드렸는데, 나방이 갑자기 날아올라 가루를 떨어트렸다고 했다. 현재 석한은 가려움증으로 퉁퉁 부은 얼굴을 한 채 집안에서 고열로 누워 앓고 있다. 아이들은 석한의 원수를 갚아주겠다고 산을 올랐는데, 사실은 그 나방이 진짜 있는지 없는지 궁금해서였다. 장닭만 한 나방이라니 거짓 같았지만 석한의 부은 얼굴은 거짓이 아니었다.

아이들이 산 정상을 향해 올라가는데 숲이 우거진 망삭 골짜기에 당도해도 원하는 인상목이 나오지 않았다. 더운 날씨라 그늘에 자리 잡고 다리쉼을 하는데, 난데없이 먹구름이 몰려들었다. 마른 가지를 베개 삼아 벌러덩 드러누운 춘동은 잠이 든 상태였다. 소나기가 시작되자 아이들은 나방이고 뭐고 앞뒤 가리지 않고 산을 내려갔다. 늦게 눈을 뜬 춘동은 잠이 덜 깬 상태에서 아이들이 없고 자기 혼자만 남은 상황을 알고는 무작정 뛰다가 넘어졌다.

비가 온몸을 적셨다. 방향도 모르고 달리는 사이 소나기가 그치고 강한 햇살이 쏟아졌다. 젖은 몸을 순식간에 말릴 만한 햇살이었다. 먼지를 씻은 신록은 푸르렀고 햇살은 매일 내리쬐던 것임에도 새것처럼 환하고 강렬했다. 망삭골 짙은 녹림綠林이 평소 보던 것과는 다른, 마치 꿈속에서 보던 광경처럼 신기했다.

그 순간 춘동은 여자들의 웃음소리를 들었다. 경박하지만 즐거워하고, 음란하지만 천진하기도 한 웃음소리였다. 소리를 향해 다가가자 사람처럼 팔을 벌린 나무가 등장했다. 아무리 찾아도 주변만 헤매고 찾을 수 없었던 인상목이었다. 춘동이 나방 대신 발견한 건 나무 그늘 아래 누워있는 두 여자였다. 울울창창 수양버들에 얼굴이 가려진 한 여자는 전혀 모르는 사람이었지만 다른 여자는 틀림없는 최 진사댁 김씨 부인이었다. 벗어놓은 상복이 그녀의 발치께에 놓여있었다. 춘동은 실오라기 하나 걸치지 않은 두 여자의 모습에 얼굴이 붉어졌다. 김 부인의 살결도 백옥 같았지만 다른 여자는 그보다 더 백옥 같았다. 햇살 아래 알몸으로 눕고 엎드려 있던 두 여자가 무엇이 즐거운지 깔깔거렸다. 정체를 모르는 여자가 먼저 일어섰고 김수가 따라 일어섰다. 수양버들에 가려진 여자의 얼굴은 끝내 드러나지 않았다. 그 여자에게 다가가느라 김수의 얼굴도 사라졌다. 그 순간 두 여자의 발이 허공으로 솟아올랐다. 춘동이 눈을 비비고 봐도 헛것이 아니었다. 분명 두 여자의 발이 공중으로 떴다. 그 여자가 김수에게 계속 뭐라 말했는데 춘동의 귀엔 윙윙거리며 귀를 자극하는 소리일 뿐 알아듣지 못할 말이었다.

놀란 춘동이 뒷걸음질치다 나뭇가지를 밟았다. 김수의 발이 먼저 땅으로 내려왔다. 옷을 입는 소리가 났고 춘동은 머리부터 발끝까지 쓰개치마로 가린 형상이 황급히 산 위로 뛰어가는 광경을 보았는데 그 형상의 하얗고 벌거벗은 발에는 매 같은 발톱이 길게 튀어나와 있었다.

춘동은 옷자락 움직이는 소리에 이번엔 반대편을 보았는데, 그새 옷을 다 입은 김 부인이 서둘러 산을 내려가고 있었다. 날개 펼

럭이는 소리가 들려 춘동은 다시 반대편으로 고개를 돌렸는데 거대한 나방이 바람을 일으키며 하늘로 날아오르고 있었다. 나방이 날아간 자리 아래로 조금 전에 본 쓰개치마가 허연 가루를 가득 묻힌 채 놓여 있었다. 나방은 사라졌지만 춘동은 그래도 수풀 밖으로 나가지 못했다. '그것'이 자신을 지켜볼 거란 생각에.

춘동이 마침내 발을 움직인 건 저녁노을이 등장할 때였다. 잔뜩 겁에 질린 춘동은 어떻게 내려온 줄도 모른 채 떨면서 귀가했는데 농사일 안하고 어딜 쏘다니냐며 아버지한테 호되게 맞았다. 그러나 혼백이 빠진 아이는 뺨을 맞고도 아픈 줄 몰랐다. 춘동은 자신이 본 것을 얘기했다가 집안 망할 소리 두 번 다시 하지 말라며 또 한 번 야단을 맞았다.

그러나 비밀을 지켰다가는 속병이 날 것 같아 춘동은 결국 아이들에게 자신이 본 걸 얘기했고, 이어서 내 귀에까지 흘러들게 되었다. 아이들은 춘동의 말을 믿지 않았으나 나는 그 아이가 거짓말을 했다고 생각하지 않는다. 직접 만났을 때 그 아이가 한 말은 내 가슴에 깊이 와 박혔다.

"그 마님이 그렇게 편하게 웃는 모습은 처음이었어요. 마치 아이들이 아무 걱정도 없이 놀면서 웃는 거처럼요."

* * *

최수현은 단편적인 김수의 행적 기록을 덮고 다른 A4 종이를 꺼냈다. 이유열이 섭주를 떠나기 전에 마지막으로 남긴 글을 후손인 이새조가 옮긴 것이었다.

《이유열의 마지막 글》

淫奔之婦 矯而爲尼 熱中之人 激而入道 淸淨之門 常爲婬邪淵藪也如此

'음란한 부인이 극단으로 흘러 여승이 되고 사물에 열중하는 사람이 분격하여 도로 들어가나니 청정해야 할 문이 항상 음사의 소굴됨이 이와 같으니라.'

이 문장 역시 《채근담》에 나와있는 말이다. 《채근담》에는 부처의 공덕을 찬양한 글도 있는데, 위 문장에는 잘못된 불교를 비판하는 의미가 숨어있다.

내가 섭주를 떠나기 전의 어느 날 밤 〈낙탄사〉에 불이 났다. 마을 사람 모두가 물동이를 날랐지만 아무 소용도 없이 다 타버리고 말았다. 바람도 없었고 물도 충분했지만 끄지 못한 불이었다. 잿더미가 된 〈낙탄사〉를 찾았을 때 당간지주에 김수의 글씨체로 위 글귀가 새겨져 있었다.

〈낙탄사〉는 불공을 드리는 사찰寺刹이 아니다. 최 진사가 제물포 상인이었을 때 부정한 방법으로 모아둔 재물을 은닉하려고 만든 사사로운 절私刹이었다. 보물창고를 사찰로 둔갑시킨 것은 호기심 많은 사람들의 접근을 막기 위함이었다. 이곳의 승려들도 가짜 중으로, 최 진사의 수하들이었다.

화재 당시 불에 탄 대웅전 천장에서 돈과 귀금속이 마구 쏟아져 내렸다. 불을 끄러 온 사람들은 이 재물을 줍느라 불을 끄지 못했고, 일부는 몸에 불이 옮겨붙어 죽거나 다쳤다. 욕심을 버리고 해탈해야 할 절에 재물을 감춘 사람이나 물욕에 환장하는 사람이나 온갖 아비규환이 벌어졌으니 이보다 참된 부처의 가르침은 없으리라.

어떻게 불이 난 것인지는 모르겠다. 내가 아는 한 가지는 언제 별당을 나왔는지 언덕 위에 오른 김수가 구경을 하고 있었다는 것이다. 그녀의 얼굴에는 싸늘한 비웃음이 서려 있었다. 나는 사람들의 관심이 화재에 쏠려있는 지금이라도 나와 함께 이 섭주에서 도망치자고 말했다. 그러나 김수는 섭주에서 수차례나 그랬던 것처럼 나를 곁눈질로도 보지 않았고 대답도 하지 않았다. 마치 내가 거기 있지도 않은 사람처럼 말이다. 내 얼굴을 가린 삿갓을 치우고 같이 가자 애원해도 소용없었다.

바로 그때 나는 수의 곁에 있는 어떤 여자를 알게 되었다. 눈에 보이지 않았지만 그 여자는 분명 존재했고 나에게 가혹한 눈길을 보내고 있었다. 텅 빈 하늘에 별처럼 널린 그 여자의 눈 수천 개가 나를 노려보았다. 나는 그 여자에게서 김수를 데려올 수 없었다. 수가 그 여자였고 그 여자가 수였다. 하늘로 치솟는 연기는 그 여자가 웃는 가가대소였다.

다음 날 나는 섭주를 떠났다. 그토록이나 뒤를 밟고 파헤치고 뒤지고 설득했지만 그런 나를 죽이지 않은 것은 김수의 한 가닥 배려인지도 모르겠다. 보이지 않는 그 여자에게 육신과 정신이 사로잡힌 김수는 더 이상 내가 알던 김수가 아니었다. 거기서 그만둬야 하는 게 나의 한계임을 깨달았다.

다흥에서 애꾸눈 오규를 우연히 만난 일은 한번 언급해야겠다. 언제 이주해왔는지는 몰라도 다흥의 어느 주막에 그자가 있었다. 감히 나의 정인을 겁간하려 한 놈이었기에 거칠게 잡고 몰아세웠다. 사람에게 칼침을 놓고 납치협잡을 일삼던 날건달패 오규는 무슨 일인지 거세된 소처럼 온순해져 있었는데 이상한 소리를 늘어놓았다.

"다 최 진사가 시킨 일이오. 나같이 천한 놈이 상전이 시키면 시키는 대로 해야지 벗어날 방법이 있겠소? 안심하시오. 그 마님한텐 손가락 하나 대지 않았으니까. 어찌나 완력이 드센지 이 눈 하나만 잃은 것도 다행이오. 게다가 신비한 능력까지 터득한 몸이니 누군들 건드릴 수 있겠소? 살 맞을까봐 나도 그분의 고향인 이곳까지 도망쳐 온 게요. 고향 땅에서 차마 누군가를 죽이겠소? 그렇소, 살! 살 말이오.

그 마님, 어떤 귀신인지 모르지만 신이 들린 게요. 내가 〈낙탄사〉에서 몸싸움이 붙었을 때 드잡이질에 불상이 박살났는데 그 안에서 호리병이 나왔수. 아마 최 진사가 숨겨둔 보물이겠지요. 마님이 그 호리병 주둥이로 내 눈을 찔렀소. 그때 뚜껑이 열렸고 거기서 어떤 기운이 그 마님한테로 옮아간 거요. 귀신을 가둬놨던 호리병이 틀림없소. 두꺼비도 뱀도 부릴 수 있고 소한테 살인도 시킬 수 있는 귀신! 최 진사 식솔들은 이제 모두 죽을 게요. 가만히 둬야 할 것을 건드렸으니 말이오."

오규의 말, 춘동의 말, 그리고 내가 직접 보고 겪은 일들, 김수의 변화를 고려해보면 신들림의 해석은 타당하다. 만약 춘동이 목격한 '더 백옥 같은' 그 여자가 신이라면, 과연 귀신이 대낮에 사람의 눈에 비치도록 현현顯現하는 게 가능할까? 괴력난신이란 말이 있다 해도 그렇게까지 초월적인 힘을 보일 수 있는 귀신이 과연 존재할까? 그렇다면 그 귀신의 정체는 뭘까? 왜 최 진사는 그런 악귀를 가둔 호리병을 불상 안에 숨겨놓았을까? 아니, 어쩌면 최 진사조차 모르는 물건인 건 아닐까?

그 호리병의 정체가 궁금하지만 나는 더 이상의 조사를 포기할 것이다. 최 진사 부부는 이미 김수를 무서워하고 깍듯이 모시고 있다고 한다. 분명 그 귀신의 위협과 연관이 있을 것이다. 내가 조사를 포기한 것도 같은 이유다. 한때 나는 김수의 정인이었지만 이제는 김수와 함께 있는 여자의 경계대상이기도 하다. 그 여자 때문에, 어쩌면 김수 때문에 김수에게 가까이 가는 자는 모두 죽게 된다. 내 목숨을 바쳐가면서까지 이 비밀을 풀고 싶지는 않다. 나는 다른 남자의 부인이 된 외간여인에게 허송세월을 보냈고 대소사를 돌보지 못해 나의 집안 사정은 실타래처럼 엉켜버렸다. 함께 섭주를 떠나자는 제안을 수는 결국 받아들이지 않았다.

하지만 내가 훗날 후손을 남긴다면, 그리고 김수의 행적이 그때도 이야기로 남아 이어진다면 다음 세대의 누군가가 이 이야기의 비밀을 멀리서 풀어내길 바란다. 그냥 잊어버리기에는 한 여자의 매몰당한 인생이 안타깝고 오관을 초월하는 현상의 신비가 답이 무엇인지 궁금하다. 현실에도 나타나는 그 귀신의 정체는 아무리 수소문을 해도 알아낼 수가 없다.

그러나 이 비밀은 반드시 가까이가 아닌 멀리서 풀어야 한다. 옛사람의 길을 따르느라 자신의 모든 것을 쏟아붓지 않기를 바란다. 귀신들린 사람의 뒤를 가까이에서 쫓으면 마땅히 따르는 것은 죽음일 뿐이다.

최수현은 저도 모르게 깜빡 잠이 들었다가 깼다. 바닥에 흩어진 종이는 순서가 엉망이 되었다. 다 비운 맥주캔이 하나가 아니라 세 개였다. 시간은 어느덧 자정을 넘어섰다. 펜션 창문으로 보니 주인집엔 불이 꺼졌고 거리도 캄캄했다. 최 진사의 고택과 별당도 어둠에 싸여 있었다. 포크레인을 비롯한 중장비들도 잠을 자는 듯 시동이 꺼진 채 미동도 없었다. 최수현을 제외한 모든 것을 재운 섭주의 밤하늘은 유례없이 청명했다.

최수현은 기록물을 줍다가 다시 별당을 바라보았다. 여인의 눈 같은 별당의 채광창이 최수현을 맞보았다. 그 채광창 안에서 촛불이 켜진 듯 은은한 빛이 나오고 있었다. 초대에 응한 손님처럼 고개를 끄덕인 최수현은 기록물을 내려놓고 밖으로 나섰다.

별처럼 초롱초롱한 무언가가 어둠 속에 가득했다. 최수현만을 바라보고 집중하는 초롱초롱함. 이유열이 느꼈다던 그 수천 개의 눈은 아닐까? 고택과 별당은 바뀐 것이 없었지만 별당 앞의 표지판은 거꾸로 돌아가 〈출입금지〉가 〈지금입출〉이 되었다. 뿌리칠 수 없는 유혹이 뿌리 깊은 두려움을 넘어섰다. 이 씨 집안이 조사하고 연구하고 쓰다가 포기할 수밖에 없었던 저주나 부정 따위는 타성他姓인 최수현의 의지를 막지 못했다. 섬돌에 오른 최수현은 사랑방 문고리에 손을 갖다대며 말했다.

"만약 이 문이 열리면 들어가고 열리지 않으면 들어가지 않을 것이다."

손가락이 닿기 전, 문이 끼이익 하고 저절로 열렸다. 그는 마른 침을 삼키며 방에 들어섰다. 전기도 없는 컴컴한 방이라 아무것도 보이지 않았다. 할머니댁의 오래된 이불 같은 냄새가 몰려들었다. 스마트폰의 손전등을 켠 최수현은 사람이 앉아있는 걸 발견하고 심장이 멎는 줄 알았다. 그러나 그것은 열녀 부인을 형상화시킨

한복 입은 인형이었을 뿐이다. 사람과 같은 크기의 인형은 서안書
案 앞에 다소곳이 앉아있었다. 서안에는 《채근담》이 놓여 있었고
인형의 뒤로는 병풍이 섰다. 사치를 멀리하고 소박함을 지킨 부인
의 방이었지만 컴컴한 방에 홀로 앉은 인형이 시선을 딴 데 두면
움직일 것 같아 겁이 났다.

그때 최수현은 현악기의 음처럼 날카로우면서도 몸을 찌르는
기운을 느꼈다. 어떤 목소리가 그를 부르는 것 같았는데 한 여인
의 음성이 곧 수십 명의 음성으로 변하고 수십은 곧 수백이 되었
다. 물리적으로 들리지 않는 그 목소리들 모두가 최수현을 불렀
다. 최수현은 눈을 감고 목소리의 떨림을 감추려 노력했다.

"열녀 부인, 김수 부인. 저는 당신의 불행한 생을 알고 온 사람
입니다. 당신은 원하지 않는 시집을 와 낯선 타향에서 온갖 맘고
생, 몸고생을 하며 불행한 삶을 살았습니다. 도와줄 사람 하나 없
는 곳에서 궁지까지 몰린 당신은 어떤 힘을 얻게 되었습니다. 그
힘은 후대 사람들이 당신을 함부로 손가락질하거나 비난하지 못
하게 했습니다. 나는 글을 쓰는 사람입니다. 당신의 정인이었던
이유열 선비의 후손이 내게 당신의 불행했던 삶을 글로 써보라고
권했습니다. 이유열 선비나 그 후손이 두려움 때문에 하지 못했던
일을 제가 해보고자 합니다. 당신의 불행했던 일생을, 여자의 일

생을 제가 쓰고 있는 작품에 맞게, 그리고 현대에 맞게 써보고 싶습니다. 당신이 지금 이 공간에 계신 것을 알고 있습니다. 내 목덜미의 털이 곤두서고 등줄기가 서늘한 것이 그 증거입니다. 이미 나는…."

스마트폰 전원이 꺼지면서 손전등 불빛도 사라졌다. 어둠 가운데 인형의 실루엣만이 보였다. 그 실루엣의 머리 부분이 움직였다. 그러나 그건 심장박동이 거세지는 최수현의 착각일 수도 있었다. 그는 두려움을 떨치기 위해 더 큰 목소리로 부탁을 이어갔다.

"이곳에 아직도 계신다면 제게 알려주십시오. 1800년대에 당신에게 힘을 준 그 여인의 정체는 무엇입니까? 어떤 신격神格이 당신에게 신들려 능력을 줌은 물론, 직접 사람 사는 세상에 모습까지 보였습니까? 그것을 알려주시고 제 집필을 허락하신다면 당신의 이야기를 모자라는 실력이지만 써보겠습니다. 하지만 알려주기 싫으시다면 저는 당신의 이야기를 쓰지 않겠습니다."

인형의 머리가 조금 전보다 더 크게 움직였다. 관절이 움직이는 소리까지 들렸다. 착각과 착시일 수도 있었다. 최수현은 방에서 나가기 위해 뒷걸음질을 쳤다. 금세 방문에 뒤꿈치가 닿았다. 그러나 문은 열리지 않았다. 앉아있던 인형이 서서히 일어섰다. 불빛이 없음에도 거대한 인형의 그림자가 최수현을 뒤덮었다. 문고리를 흔드는 최수현의 손길이 다급했다. 최수현은 점점 쪼그려 앉게 되고 손등은 저절로 얼굴을 가리게 되었다.

그때 인형이 병풍을 쓰러트리며 넘어졌다. 상반신이 박살난 인형은 더 이상 움직이지 않았다. 스마트폰에 다시 전원이 들어왔다. 인형은 최근에 만든 물건이 아니었다. 재질이 나무였기 때문이다. 불빛이 어둠을 밝히자 인형이 움직인 것이 아니라 기울어져 넘어진 것이라는 생각이 들었다.

최수현은 눈을 크게 떴다. 인형의 상반신 안에 호리병 하나가 튀어나와 있었다. 아주 오래된 호리병으로 열린 뚜껑에 핏자국이 묻어 있었다. 스마트폰 불빛을 비추자 핏자국 아래에 새겨진 희미한 이름이 보였다.

LYDIA WHITEFIELD

최수현이 호리병을 손으로 잡자마자 전기에 감전된 느낌이 건네졌다. 100년 전의 아이 춘동이 보았던 두 여자의 영상, 그리고 섭주 대간 마을 사람들이 김수와 미지의 여인에게서 겪었던 해괴한 사건들이 눈에 보였다. 최 진사 부부도 있었는데 머리통이 부서진 마지막 모습이 보여 최수현은 비명을 지를 뻔했다.

서안이 발에 걸려 넘어졌다. 채근담이 떨어지면서 그 안에 끼여 있던 종이 하나가 삐져나왔다. 필사한 채근담의 한 구절이었는데 필체가 아주 우아했다. 김수 부인의 솜씨란 생각에 최수현은 그 글귀를 사진으로 찍었다. 예전에 나무가 고택 지붕을 박살내면서 "불가不可(안 된다)!"와 비슷한 소리를 냈다고 하는데, 최수현은 어디선가 바람을 타고 전해져오는 "가可!"와 비슷한 소리를 들었다.

머리 숙여 인사를 드린 그는 천천히 별당을 나섰다.

최수현이 고택을 벗어날 때까지 주위에는 아무 변화도 없었다. 그러나 그가 펜션에 당도했을 때 유서 깊은 별당은 기둥이라도 휘어진 것처럼 뼈마디 꺾이는 소리를 내더니 조금씩 기울어지다가 먼지를 일으키며 저절로 붕괴되고 말았다. 열녀문 팻말도, 비석도 쓰러졌다.

다음 날 최 진사 고택 철거차 현장을 방문한 소장은 무너진 별당을 보고 고택 철거작업의 진동 때문에 리모델링의 손길을 거부해왔던 별당이 저절로 무너져내렸다고 판단했다. 군민들 몇몇은 흙무더기가 된 함몰현장을 보고 나이가 들도록 품위와 우아함을 잃지 않고 홀로 살아온 노부인이 시댁을 철거하자 외로움 속에서 운명하는 광경을 상상하고 눈물지었다. 보고를 받은 군수는 밀본 법사를 한번 더 불러 원혼을 달래는 씻김굿을 했다. 포크 호러랜드를 지을 마당에 스캔들 많던 별당이 한밤중에 저절로 무너져내리니 가슴이 섬뜩했던 것이다. 다행히 방울을 흔들던 밀본 법사는 이는 좋은 징조요, 어젯밤 부인의 원한을 달래줄 귀인이 다녀간 것 같다는 긍정적인 해석을 내놓았다. 과연 더 이상 최 진사 고택에서 해괴한 일은 일어나지 않았고 철거작업은 아무런 사고도 없이 끝까지 잘 진행되었다.

최수현은 이 모든 과정을 처음부터 끝까지 지켜보았다. 그리고 보고 듣고 느끼고 연구한 것을 일목요연하게 정리해 다음과 같은 글을 남겼다.

〈섭주 열녀 김수 부인에 관한 최수현의 최종 보고서〉

비슷한 기운이라면 서로 밀어내지 않고 끌어당기는 것이 동기감응同氣感應이다. 나라가 금을 긋고 경계를 나누어도 땅은 흙으로 이어져 있고, 경계를 나눈 하늘 양쪽엔 똑같은 구름이 떠다닌다. 나누는 것은 사람이지만 당겨서 합하는 것은 땅과 하늘이다. 이미 김수 부인은 "대지에서 대지로 옮았을 뿐이오."라는 말을 남긴 바 있고 그녀가 읽었던 《채근담》에도 비슷한 글귀가 등장한다.

사람 역시도 밀어낼 뿐 아니라 땅과 하늘처럼 끌어당기기도 한다. 미소 아래 이빨을 감추고 웃음 안에 악마성을 갖췄어도 사람들이 만나면 항상 갈등하고 반목만 하는 게 아니다. 사람 가운데는 서로 호응하고 친화하는 부류도 얼마든지 있다. 보통 성격이 비슷하다, 스타일이 비슷하다, 사상이 비슷하다 따위 '비슷하다'는 식으로 표현이 되는 이 '비슷함' 역시 같은 기운을 나누는 일체감이라 봐도 무방할 것이다. 이 점에서 땅과 하늘, 그리고 사람은 동기감응의 공통점이 있다.

천지인天地人의 삼재三才는 동양철학에서 만물을 구성하는 요소이다. 사람 역시도 땅과 하늘이 그렇듯 나 아닌 타인과 비슷한 기운을 통하고 힘을 나누는 만물의 영장이다. 멀리 있는 사람이든 가까이 있는 사람이든 차이는 없다. 감응하는 기운만 높다면 오히려 가까이 있는 사람보다 멀리 있는 사람이 나에게 더 의미 있는 에너지로 작용할 수도 있다.

* * *

김수와 리디아 화이트필드Lydia Whitefield가 보여준 동기감응은 그 예시가 될 것이다. 리디아 화이트필드에 관해 밝혀내기까지 나는 꽤 긴 시간을 들여야 했다. 외국 사이트를 한동안 뒤졌는데 역시 내 예상은 맞았다. 사실은 별당에 있던 서안에 김 부인이 유려한 필체로 적어놓은 《채근담》의 한 글귀가 힌트를 준 것이지만.

人定勝天하고 志一動氣라 君子는 亦不受造物之陶鑄니라

채근담 42절의 이 문장은 '사람의 힘이 정하여지면 하늘을 이기고 뜻을 하나로 모으면 기를 움직이나니, 군자는 조물주의 틀 속에 갇히지 않는다'란 뜻을 갖고있다.

하지만 내가 사진을 찍어온 김 부인의 문장에선 단어 하나가 달랐다.

人定勝天하고 志一動氣라 魔女는 亦不受造物之陶鑄니라

"마녀는 조물주의 틀 속에 갇히지 않는다."

그렇다. 리디아 화이트필드는 '마녀'였다. 정확히 말하면 '마'녀 사냥을 당한 '여'자였다. 17××년 당시, 그녀는 전쟁을 피해 뉴잉글랜드로 이주해 온 에콰도르 메스티소Mestizo 계열 소수민족의 후예였다. 혼혈인 그녀의 몸에는 안데스 산맥인의 피와 아메리카 인디언의 피가 함께 흘렀다. 조상들의 선례를 따라 리디아 역시 정착지에 코카Coca나무를 재배했는데, 후에 코카인의 원료가 되기도 하는 리디아의 코카나무 열매는 미리 정착해있던 인디언 원주민에게 도움을 주었다. 수렵하는 남자들에게는 피로회복의 효능을, 몸이 아픈 아낙들에겐 통증망각의 효과를 선사한 것이다.

그녀의 정착지 원주민들은 심성이 근본적으로 착해서 사심없이 접근한 외지인 여인을 거부감 없이 받아들였다. 때로 리디아는 인디언과는 다른 점성술로 사람들의 운세도 봐주었다. 이방인임에도 리디아 화이트필드는 곧 큰 위치를 차지하게 되었다. 사람들은 그녀에게 길흉화복을 물었고 질병이 돌면 그녀의 약부터 찾았다. 리디아는 집과 터를 주고 함께 살게 해준 사실 하나에 고마워해 점점 커지는 권세에도 그들의 머리 위에 군림하려 들지 않았다. 리디아 화이트필드는 인디언 원주민들의 진정한 친구였다.

그녀의 이름이 알려지자 정착 원주민을 학살하고 땅을 빼앗아 악명을 떨친 뉴잉글랜드 개척민 중에서 리디아의 삼림지를 눈여겨본 이가 있었다. 슬리피 대령이라는 이름의 그 백인은 '위대한 아메리카 개척정신에 악의를 갖고 덤벼든 야만인 인디언들로부터 청교도를 지킨 전사'로 극우 전기작가들에게 미화되었지만, 실제로는 취미로 살인을 일삼는 인간쓰레기였다. 특히 유색인종은 그가 이유 없이 미워하는 '짐승' 가운데 하나였다. 리디아의 푸른 삼림지도 그의 눈에는 임자 없는 야만인의 황무지에 지나지 않았고 빼앗아 소유해야 할 백인의 재산이었다. 그 아름다운 영토에 슬리피 가문 대대로 뿌리를 내릴 초호화 대저택을 짓고 노년을 존경받는 위엄 속에서 보내고 싶었다. 욕망이 갈망이 될 정도로 주체할 수 없었지만 지역민의 존경을 받고 코카나무로 어떤 부정한 이득도 취하지 않은 리디아 화이트필드를 없앨 명분을 찾기란 쉬운 일이 아니었다.

그러다가 슬리피 대령이 찾아낸 방법이 마녀사냥이었다. 안데스 고산 지대의 식물이 기후가 다른 뉴잉글랜드에서 잘도 자라는 이유는 리디아가 부리는 마법 때문이며, 그 열매를 섭취한 사람은 정신이 나태해지는데 이는 영혼이 리디아 화이트필드에게 빼앗기기 때문이라며 사람들을 선동했다. 원주민들은 슬리피 대령의 말을 믿지 않았고 리디아의 죄없음을 주장했지만 땅 빼앗기를 미리 모의한 대령의 '작전세력'들은 리디아가 마녀라고 소리 높여 증거를 조작했다. 마침내 리디아는 백인들의 재판을 강제로 받고 교수형에 처해지게 되었다. 슬리피 대령은 함께 가담했다는 이유로 인디언 몇 명도 본보기로 감옥에 가두었다. 자신들의 땅에서 법 없이 평화롭게 살아온 인디언들에게는 마른 하늘에 날벼락 같은 일이었다.

리디아는 사형집행이 있기 전 감옥 안에서 누군가에게 알아들을 수 없는 언어로 기도를 했다. 그 모든 행동은 마녀의 마법을 행할 수단으로 자연히 위조되었다. 평화로웠던 마을에 백인들이 몰려오자 폭력과 야만이 싹을 텄다. 순박한 인디언 처녀가 백인들에게 강간을 당하고 이를 저지하던 인디언 청년이 총에 맞아 죽었다. 나이 든 인디언이 술 취한 백인 청년에게 구타를 당하고 그들의 집이 방화의 테러를 당했다.

코카나무의 위험성을 설파하던 청교도들은 몰래 싸구려 위스키를 유포해 인디언들의 내면을 황폐화시켰고 이 틈에 그들의 재산을 하나씩 둘씩 착착 빼앗았다. 백인들의 건물이 들어서면서 점점 인디언보다 백인들의 숫자가 많아졌다. 백인에 동화되어 백인처럼 행동하는 인디언도 생겨났다.

마침내 이 모든 것이 계획된 백인들의 음모임을 알아챈 원주민 추장은 전쟁을 선포하고 고결한 인디언 전사들을 모아 무장시켰다. 백인들의 축제에 작전을 개시한 그들은 백인들이 '의회당'이라고 부르는 공동집회소를 습격하고 불을 질렀다. 인디언 처녀를 강간했던 백인을 죽이고 그 목을 잘라 미국 국기 위에 꽂아 전시했다. 슬리퍼 대령을 비롯한 백인들은 무력침공에 대한 자기방어를 명분으로 가차 없는 반격에 나섰다. 인디언들은 용맹했지만 그들의 창과 활은 백인들의 총과 화약 앞에 무력했다. 복잡한 원시림을 자유자재의 활동무대로 삼아 백인 무법자들을 유린했던 영웅적인 추장도 배신자 인디언의 밀고로 암살당하고, 그를 따르던 전사들도 스스로 목숨을 끊거나 적들의 무력 앞에 하나하나 죽어나갔다.

전투가 끝나자 슬리피 대령은 리디아의 삼림지뿐 아니라 인디언의 땅까지 '평화협정에 기반해' 강제로 빼앗고는 엉터리 역사가와 문인들을 고용해 인디언의 잔학무도함을 강조하고 자기들의 정복욕은 최소한의 방어권으로 날조해버렸다.

인디언들을 장악하자 이제 리디아가 죽을 시간이 되었다. 이웃과 친구들이 학살당하는 동안 리디아는 감옥 안에서 아무런 동요도 없이 지냈으나 소문만은 무성했다. 어떤 주술을 위해 인디언이 몰래 반입해준 독수리의 생간을 먹고, 하늘을 날기 위해 다리와 날개를 뗀 검은 메뚜기 열 마리를 주머니에 넣고 지냈으며, 영생을 위해 묘지의 흙을 몸에 뿌렸다는 소문 등이었다. 간수는 한밤중에 그녀 머리 주위를 떠도는 불을 봤다고 주장했고, 해골 무늬 나방들이 감옥 외벽으로 몰려와 붙은 광경은 실제로 많은 사람들이 보았다.

마침내 사형이 집행되던 날, 리디아는 끌려가는 순간까지 하늘을 보며 무언가를 중얼거렸다. 사형장에 따라온 목사는 그녀의 말을 알아듣지 못했고 기도문을 읊다가 그녀가 뱉은 침에 얼굴을 맞았다.

형식적인 최후변론을 거쳐 마침내 교수형이 집행될 때였다. 사형장의 반대편 언덕에 리디아와 비슷한 모습을 한 형상 하나가 나타나 슬리피 대령에게 손가락을 겨누었다. 그 존재는 무더운 날씨에도 머리부터 발끝까지 검은 옷을 입고 있었고 손에는 이상하게 생긴 호리병을 쥐고 있었다.

"너희들은 마녀가 아닌 사람을 마녀로 몰아 죽였다. 리디아는 너희들에게 복수하는 대가로 내게 영혼을 팔았다. 너희들은 모두 죽을 것이다."

장총과 다이너마이트로 무장한 대령의 수하들이 사형장에 가득했으나 어느 누구도 검은 옷의 사람이 있는 언덕으로 다가가질 못했다. 그들은 백주대낮에 악마를 목격했고 그 악마가 자신들에게 내린 저주까지 똑똑히 들었다고 믿어의심치 않았다. 하지만 슬리피 대령은 위기를 기회로 삼았다.

"리디아 화이트필드가 그녀의 남편인 사탄을 불러들였다! 그녀가 마녀임은 이로써 명백히 드러난 셈이다! 주 예수 그리스도의 이름으로 주저 말고 나아가자! 속히 사형을 집행하라!"

결국 리디아는 교수형을 당해 죽고 시신은 불에 태워졌다. 하지만 시체소각로에서 빠져나온 연기가 검은 옷을 입은 사람이 사라진 방향으로 날아갔음을 알자 사람들은 앞다투어 성호를 그었다.

리디아를 처치하는 데 성공한 슬리피 대령은 원주민들이 잘 알지도 못하는 법령을 들이밀어 땅의 소유권을 내세운 후 '하느님의 정화작업'을 위해 악마의 나무를 벌목할 계획을 세웠다. 하지만 나무에 도끼를 대자마자 밑동에서는 피가 솟구치고 하늘에선 큰 나방들이 떼로 몰려와 가루를 뿌려댔다. 가루를 맞은 벌목꾼들은 피부병이 생겨 퉁퉁 부은 얼굴을 긁다가 피가 줄줄 흐르는 모습으로 쓰러졌다. 대령의 수하들은 나무에 깔리거나 마차에 부딪치거나 집에 불이 나는 등 알 수 없는 재난을 맞으며 하나하나 사망했다. 불타는 교회 지붕이나 말들이 달아난 목장에선 검은 옷을 입은 사람을 봤다는 목격담이 입에서 입으로 전해졌다.

슬리피 대령은 리디아가 꿈에 나타나 저주를 퍼붓는 악몽을 하루도 빠짐없이 꾸게 되었는데 '나는 마녀가 아닌 사람을 마녀로 몰아 죽였다. 나의 죄를 인정하노니 부디 내 후손에게만은 저주를 내리지 말아달라'는 글을 남긴 후, 다음 날 새벽 코카나무에 팔다리가 걸린 알몸의 시체로 발견되었다. 자살을 암시하는 유서를 남겼음에도 그가 죽은 방식은 초현실적인 존재에 의한 타살 같아서 오랫동안 검은 옷과 관련된 공포의 소문으로 남았다.

뉴잉글랜드 여자 혼백이 든 호리병이 어떻게 조선의 섭주까지 흘러들어왔는지는 알 수 없다. 분명한 것은 최 진사가 양반 감투를 돈으로 사기 전 해상 무역으로 돈을 벌었고 그중에는 외국과의 밀무역도 있었다는 점이다. 외국에서 들여온 신기한 디자인의 호리병을 조선의 거상巨商이 장식 골동품으로 귀히 여긴다는 건 있을 수 있는 일이다. 호리병이 불상 안에 어떻게 들어갔는지가 미스터리인데, 내가 이새조 작가에게 들은 바로는 그 불상 역시 조선에서 만든 것이 아닌 인도에서 가져온 밀수품이었다고 한다. 미국의 검은 옷 괴인의 손에서 인도의 불상 안으로 호리병이 들어간 사유는 몰라도, 최 진사는 인도산 진품 불상을 〈낙탄사〉의 대웅전 불상으로 그대로 두었고 괴한의 겁탈을 피해 저항하던 김수는 손발을 휘젓다가 그 불상을 깨버린 것이다. 그 안에서 튀어나온 호리병을 은장도 삼아 김수는 괴한의 눈을 찔렀고 호리병은 사람의 피를 묻힌 채 뚜껑이 깨져버렸다.

바로 여기서 서로 닮은 김수와 리디아 화이트필드의 동기감응을 추론해볼 수 있다. 두 여인 다 현대의 '마녀사냥'과 비슷한 손가락질을 당한 공통점이 있었고, 인품을 인정받던 자신의 일생을 타인의 간섭으로 망치게 되었다는 공통점이 있었다. 그녀들의 악당, 즉 최 진사와 슬리피 대령은 어떤 수단을 쓰든지 간에 남의 것을 자신의 것으로 만들려고 한 악당들이었다. 사악하고 천한 피를 세탁하고 양반귀족으로 신분을 산 자신들의 추악한 과거를 감추려 한 철면피들이었다. 이 동서양 등장인물들의 상황들은 꽤 많이 비슷했다.

김수는 맘속의 분노를 감춘 채 산 여자였다. 그녀 역시도 감옥에 갇힌 리디아처럼 자신을 별당에 가둔 세상에 살을 날리고 싶었을 것이다. 그렇게 할 수만 있다면.

일찍이 우리나라엔 현덕왕후가 꿈에 나타나 수양대군의 얼굴에 침을 뱉자 깨어난 그의 얼굴에 종기가 났다는 이야기가 있고, 쥐띠 세자의 거처 주변에 사지와 꼬리를 자르고 입과 귀와 눈을 불로 지진 쥐를 걸어놓았다는 이야기가 있다. 야담이고 정치적 쇼이지만 그 형식만큼은 하나같이 '저주'에 기대고 있다. 서양의 마녀가 할 일을 우리나라에선 무당이 한다. 방자술, 방법술이 그들만의 저주 비법이다.

현실을 보자. 사실 무당은 귀신을 보고 귀신과 대화하는 사람이다. 사람에게 도움을 주기 위해 귀신과 소통할 뿐, 누군가를 해친다는 살날림 따위는 그들조차도 꺼리는 사악한 행위이다. 그러나 더욱 사악한 세상과 더더욱 사악한 환경이 합쳐져 한 사람을 절망의 극한까지 몰아넣으면 선했던 이도 악한 이와 손을 잡는 일이 이해 못 할 바가 아니다. 하물며 지금보다 훨씬 억압당하고 불행했던 시대를 산 여성들의 입장에서랴.

정상적인 사람도 기울어지면 비정상적인 사람이 되듯 '무'녀의 'ㅜ'도 기울어지면 '마'녀가 된다. 이렇듯 비슷한 사람끼리 동기同氣는 감응感應하는 법이다. 그것은 하늘과 땅이 사람에게도 동등하게 배려해준 이치이다. 현실의 두 여인은 사회의 억압과 개인의 욕망에 희생당했지만, 힘이 정해질 때 그녀들은 기어이 하늘에 승리했고 뜻을 하나로 모아 기를 움직였으니 과연 조물주의 틀 속에 갇히지 않았던 것이다.

〈최종 보고서 작성 3일 後에 일어난 사건〉

어젯밤이었다. 글을 쓰다가 섭주의 별당에 있을 때와 똑같은 기운을 맛보았다. 송곳 같은 현악기의 음향이 내 귀를 찌르고 수천 개의 눈이 나를 노리는 듯하던 기운 말이다. 머리털이 일제히 곤두설 때 내 방은 정전이 되면서 컴컴해졌다. TV 소리가 꺼지더니 나는 문명인에서 자연인으로 떨어졌다.

반려견 구피가 창문을 향해 맹렬히 짖어댔다. 유리에 두 여자의 모습이 희미하게 비치면서 나는 김수와 리디아 화이트필드가 찾아왔음을 알게 되었다. 하나는 들장미를 귀에 꽂은 노랑머리, 하나는 비녀를 꽂은 검은 머리였다. 원피스와 한복이 조화로웠다. 허공에 발이 뜬 채 가까워지는 그녀들과 나는 대화를 나눌 수도 있었다. 문을 열고 초대하면 모든 현상 너머의 비밀을 알아낼 수도 있었다. 내가 그토록이나 갈망했던 귀신과 인간의 접응인 동시에, 귀신의 존재를 드디어 공포소설가인 내가 실증적으로 규명하는 순간이기도 했다. 반면 그것은 귀신에게 홀리는 일이기도 했다. 나는 그녀들을 불러들인 원인을 제공했고 뒷감당에 대해서는 크게 생각해보지 않았다. 내 손이 창문으로 올라갔다. 두 동서양 여자가 미소지었고 구피가 더욱 거세게 짖었다.

나는 두 개의 재생장치를 가동시켜 불경과 기도문을 동시에 틀었다. 그리고 창문에 올리는 대신 십자가와 불경을 쥔 양손을 앞으로 내밀었다. 내 몸을 잠식했던 어두운 기운이 사라지고 긴장도 서서히 풀렸다. 창문에 비쳤던 희미한 형상들이 작아지면서 멀어졌다. 해피가 짖기를 멈추자 다시 방에 불이 들어왔다. 창문에는 서리 같은 입김뿐 아무것도 남아있지 않았다.

예상은 틀리지 않았다. 이 글을 쓰는 곳은 내 집이 있는 서울이다. 섭주가 아닌 곳에서의 두 귀신은 힘이 약했다. 나는 글쓰기를 포기한 이씨 집안 사람이 아니라 김수의 시댁인 최씨 집안의 먼 후손이다. 두 여인이 내게 고마움을 표하려고 온 건지, 끊어야 할 사악한 씨로 알고 접근한 건지 의도는 모른다. 그러나 나는 더 이상 알려고 하지 않았다. 이새조가 쓰기를 포기한 이유를 알 것 같았다. 귀신은 실제로 존재했고 귀신의 이야기를 다루려면 목숨을 걸어야 했다. 그들의 억울함에 끝까지 귀 기울이지 않으면 그들의 한은 풀리지 않고 오히려 증오로 바뀔 테니까.

포크 호러를 쓰는 입장에서 나는 모든 비밀의 통달보다 그 정도 선의 이야기에서 만족하기로 했다. 내겐 아직도 더 써내야 할 스토리가 많기 때문이다. 귀신 소설을 쓰는 사람이라고 귀신과 늘 있어야 하는 법은 아니다.

억울함과 원통함을 산 사람에게 내쏟는 게 귀신이다. 하지만 쏟는 대로 다 듣다 보면 정신줄이 온전해지지 않을 수도 있다. 들어야 할 내용만 들은 후 그 중에서도 고르고 편집해 한 이야기로 완성하는 게 소설가다. 무릇 글 쓰는 이란 이렇듯 이기적이고 비겁한 작자인 것이다.

* * *

최 진사 고택이 리모델링마다 실패하고 보수작업마다 하자가 난 것은 자신의 억울함을 알려달라는 김수의 울부짖음 때문이었을 것이다. 가짜 열녀문 따위로는 불행한 여인을 달랠 수 없었다. 강간하려 하고 살해하려 한 여자에게 표창장을 던져주고 그거 받고 입 닫으라는 말이 아니고 뭐겠는가.

고향을 그리워하고 사랑에 목말라하고 운명에 절망하고 내고싶은 목소리를 내지 못했던 여인의 고통을 나는 영원히 이해하지 못할 것이다. 그 여인이 겪었을 고통을 나는 겪지 못했으니까. 겪지 못했지만 그녀만큼 감당해내지도 못했을 것이다. 절대로. 김수와 리디아 화이트필드는 강인한 여성들이었다.

〈며느리는 약했지만 여인은 강했다〉

최종 제목까지 책을 완성한 나는 그러나 한 가지 풀지 못한 수수께끼를 떠올렸다. 머리통이 박살난 최 진사 부부의 마지막을 별당 안에서 봤을 때 섭주의 골동품 상점 주인이 비밀을 알고서도 거짓말을 했다는 생각이 문득 들었다. 펜션 아가씨 기선을 통해 〈고문관〉의 금천수와 연락이 닿을 수 있었다.

"《섬사비법》은 두꺼비와 뱀을 담은 술이 아니라 두꺼비와 뱀을 부리는 방법을 적은 책 같더군요."

금천수는 야비함인지 빈정거림인지 모를 웃음소리를 수화기 너머로 날렸다.

"그런 건 한국의 열녀가 아닌 서양의 마녀나 부리는 술법이 아니겠소?"

"이미 다 알고 계셨군요."

"거기까지의 진실만이 넘지 않는 선이라 그랬잖소."

"《추비천》도 무슨 책인지 알고 계시겠네요."

"궁금해요?"

"풀지 못한 수수께끼거든요. 《추비천》이 무슨 책인지. 선을 넘은 게 아니라면 가르쳐주실 수 있나요?"

금천수는 약 10초 정도 침묵을 지키다가 이윽고 입을 열었다.

"최 진사 부부가 어떻게 죽었는지는 알고 있소?"

"치매를 앓다 죽었다면서요? 그런데… 나란히 누워 머리통이 터진 것 같던데요?"

"그걸 어떻게 아시오?"

"꿈에서 봤습니다."

"저런, 내가 절대로 별당에 들어가지 말라고 했건만…."

"저는 앞으로 섭주에 내려갈 일이 없으니 괜찮습니다."

금천수는 껄껄껄 호탕하게 웃다가 답을 들려주었다.

"치매가 아니에요. 노망이 나 둘 다 동시에 지붕에서 추락해 죽었소."

"지붕에서요?"

"그렇소. 부부가 함께 지붕에 올라 빗자루를 다리 사이에 넣어 타고 뛰어내려 죽은 게요…. 하늘을 난다고 믿었겠지…. 아니면 누가 그렇게 강요했거나…. 대충 이해하시겠소?"

이해되었다. 추비천은 가을 하늘의 비애秋悲天가 아니었다. '빗자루를 타고 하늘을 난다帚飛天'는 뜻의 그 책은 아마도 마녀의 능력을 다룬 책일 것이었다. 리디아 화이트필드가 김수에게 전수한 능력. 김수가 시부모에게 실험한 능력.

164

김수가 죽을 때까지 바친 시부모에의 효도는 사실 무서운 고문이 아니었을까. 최 진사 부부는 자신들의 행위에 대한 대가로 죽음보다 더 고통스런 삶을 죽을 때까지 살았던 건 아닐까.

이 모든 진실을 섭주 사람들은 이미 알고 있었다. 그저 일의 결과가 어떻게 될까 궁금해하며 내가 미끼를 문 것을 태연한 얼굴로 보고만 있었다. 그런 사람들이 시치미 떼고 열녀문 따위를 세워 김수를 달랬을 생각을 하니 귀신보다 사람이 더 무섭다는 말이 진리이긴 한 모양이다.

박해로

오컬트 포크 호러

지옥에 떨어진
형제

1

이정욱 화백의 개인전은 대성공이었다. '마음의 고향' 풍경화의 달인답게 이번 전시회도 비슷한 작품들로 채워졌고 그 어느 때보다 격렬한 찬사가 쏟아졌다. 신작 〈이별〉은 미술관을 찾은 사람들의 뜨거운 관심을 모았고 도시인과 귀농인 모두에게서 반발 없는 지지를 이끌어냈다. 나이 든 사람 젊은 사람 모두 울컥거리는 감동에 잠시 숨을 멈추었다.

- "잃어버린 세대의 잃어버린 감수성을 일깨워주는 작품" _○○일보

- "새가 아닌 로봇이 된 비둘기들의 도시에서, 자연으로 돌아가고 싶은, 하지만 돌아갈 수 없는 감정을 화폭에 담다." _채널 ○○
- "전원일기의 풍광 아래 상실된 가족을 서정적으로 묘사해온 이정욱 화가의 대표작." _미술평론가 ○○
- "마치 저의 어린 시절을 보는 것 같았습니다. 이젠 눈물이 사라졌다고 생각했는데 주체할 수 없는 눈물이 뺨을 적셨습니다." _○○ 그룹 회장 ○○○

〈이별〉은 세 사람을 한 폭에 담은 풍경화였다. 이정욱의 모든 작품에 이 세 사람이 등장했다. 나이 지긋한 시골 아낙, 슬픈 표정의 비쩍 마른 키 큰 청년, 아직 어린 빡빡머리 소년.

〈이별〉의 배경은 황금빛이 대지로부터 치솟는 가을의 보리밭이었다. 비쩍 마른 키 큰 청년은 양복 차림이었는데 근경에 위치해 그림 오른쪽을 장악하다시피 했다. 청년의 얼굴이 강조점이었다. 양손에 분홍색 보따리를 하나씩 쥔 청년은 하늘을 향해 절규하듯 울고 있었다. 그의 뒤 원경에는 이정욱의 그림에 자주 등장하는 느티나무가 그려졌고, 그 옆에 시골 아낙과 그녀의 손을 잡은 빡빡머리 아이가 서 있었다. 이 두 인물은 너무 작게 그려진 데다 나무가 드리운 그림자까지 더해 표정이 보이지 않았다. 실루엣으로 두 사람의 모습을 유추할 수 있었다. 아낙은 손수건을 눈가에 대고 아이는 손을 흔드는, '누군가를 떠나보내는 모습'. 안타깝게도 등 돌린 청년은 하늘을 향해 울고 있어 두 사람을 볼 수 없었다.

미술잡지 기자 정나영이 이 그림의 의미가 무엇이냐고 인터뷰를 해왔다.

이정욱은 저 아이는 40년 전의 자신이고, 청년은 형이며, 아낙은 어머니라고 했다. 도시에서 공장을 다니던 형이 죽은 아버지의 빚쟁이들을 피해 고향에 내려왔다. 형은 어머니가 싸준 음식 보따리를 양손에 쥐고 내려왔을 때 그랬던 것처럼 몰래 올라갔다. 보리밭을 지날 때 형은 울음을 터뜨렸고, 그 가슴 아픈 광경이 나이 50을 넘긴 지금도 잊혀지지 않아 화폭에 남겼다고 했다.

"화백님 고향은 어디시고, 두 분은 아직 살아계시나요?"

"내 고향은… 안동입니다. 두 사람은 이미 고인이 되었습니다."

질문에 답하던 이정욱이 눈물을 쏟았다. 둑이 터진 것처럼 울음이 그치지 않자 당황한 정나영은 인터뷰를 중단했다. 나중에 서면으로 이어진 인터뷰가 잡지에 실렸고 그림의 숨은 뜻이 공개되자 〈이별〉의 유명세는 더욱 상승했다.

그러나 이정욱은 별로 기뻐하지 않았고 한층 깊은 슬픔에 빠져 만남을 원하는 매체들과 연락을 끊었다. 다양한 전시회 제의와 부자들의 그림 구매 의사도 거절했다. 이정욱은 어둠 속에 홀로 남았다. 하지만 그는 끊임없이 무언가를 찾는 눈길을 하늘로 두었다. 청년과 똑같은 특유의 슬픈 눈으로.

한동안 이정욱과 관련된 소문이 인터넷에 떠돌았다. 서울발 안동행 KTX 안에서 어떤 대학생은 열차가 안동 앞 정거장인 섭주역에 정차할 때 이정욱과 닮은 인물이 옆좌석에서 일어나 차창에 얼굴을 붙인 채 흐느끼는 모습을 봤다고 했다. 자택이 있는 서울 삼성동 아파트의 이웃들은 대낮에 술에 취한 이정욱이 "죽여버리겠다! 반드시 죽여버리겠다!" 소리지르며 주차장을 돌아다니는 모습을 봤다고 했다. 평소 점잖은 성격에다 이웃 간 사이도 원만해 사람들은 몹시 이상해했다고 한다.

이정욱의 집 아래층에 사는 K씨 가족은 천장을 통해 밤낮으로 들려오는 우는 소리 때문에 혼자 사는 그가 극단적 선택이나 하는 건 아닌지 신경이 곤두섰다. 그러나 이런 글을 올린 이들은 이정욱 주변인이 아니라 남이 했던 말을 이중삼중으로 걸쳐 들은 '카더라 통신' 유포자들이어서 진지한 주의를 끌지 못했다.

얼마 후 이정욱이 시체로 발견되었다. 경북 섭주의 기차역 인근 슬럼가의 좁은 골목에서 무엇에 놀란 듯 눈을 크게 뜨고 죽었다. 가방에서 흉기와 종이 뭉치가 발견되었는데 왜 붓 대신 칼을 갖고 있었는지 미스터리였다. 이 미스터리를 한층 심각하게 만든 건 종이 뭉치가 부적이었다는 점이다. 그것도 흉악한 도깨비의 얼굴을 붉은 물감으로 그린 치 떨리는 부적들.

지인들이 나서서 장례를 치렀다. 전부 서울 사람들뿐 고향 쪽 사람은 없었다. 어머니도 형도 고인이라던 그의 말처럼 유가족은 없었다. 독신남 이정욱은 은둔적인 삶을 산 사람이었다. 그가 남긴 작품은 여전히 유명세를 탔지만 시간이 흐르면서 화가에 관한 관심은 점점 멀어져갔다. 살아가기 바쁜 사람들은 고향에의 향수를 잊고 한 예술가를 잊었으며 한 인간을 잊어버렸다. 흥미로운 건 그의 변사變死를 둘러싼 어느 탐사 프로그램의 보도였다. 현직 무속인 하나가 모자이크 처리된 얼굴, 변조된 음성으로 부적에 관해 인상적인 설명을 남겼다.

"저런 부적은 요즘 잘 쓰지 않아요. 살아있는 닭의 피를 뽑아서 그린 아주 불길한 물건이거든요. 누군가를 해치고자 하는 악하고 모진 기운으로 가득하지요. 가방 속에 흉기까지 있었다고 하니까…. 하지만 그런 걸 갖고 다닌 진짜 이유는 당사자가 아니면 모를 겁니다. 악귀를 제압할 목적일 수도 있으니까요. 무슨 말이냐면 어떤 사악한 기운으로부터 스스로를 보호하기 위해 저런 걸 지니고 다녔을 수도 있다 그 말이죠."

사건은 미제로 남았다. 목격자를 찾는다는 공개 안내에 제보는 없었다.

시간이 흐르고 정나영 기자는 소속 잡지사로 배송된 소포 하나를 받았다. 발신자도 연락처도 가짜처럼 처리되어 있었다. 열어보니 〈이정욱 비망록〉이란 두툼한 노트와 편지가 나왔다. 노트 위에는 메모가 붙어있었다.

흥신소 직원인데요. 그분이 섭주로 내려가면서 자기가 죽게 되면 이 노트를 기자님께 꼭 전해달라고 했습니다.

정나영은 먼저 편지를 펼쳤다. 글은 오랜 세월 비평과 상업 양쪽으로 호의적인 도움을 준 기자에 대한 고마움으로 시작하고 있었다. 정나영은 잠시 감동했으나 이어지는 내용은 표정을 얼게 만들었다. 어떤 인간을 심판해달라는 탄원이었기 때문이다.

"그 여자는 사람이 아니라 무서운 술법을 쓰는 악마입니다. 나이 여든에 가까운 노파가 되었지만 아직도 그 옆에는 호위 귀신이 있습니다. 저를 도와주시겠다면 그 악마의 악행을 전 세계로 퍼뜨려 알려주시고 못 도와주시겠다면 이 편지와 비망록은 태워주십시오."

정나영은 복잡한 심정이었다. 비밀이란 건 당사자 혼자만이 알아야 하는 법이나 이제 그녀 역시 누군가의 비밀에 본의아니게 한 발 디딘 입장이 된 것이다. 편지 속의 이정욱은 그동안 알아왔던 단순한 화가가 아니었다. 열 길 물속은 알아도 한 길 속조차 몰랐던 불행한 인간이었다.

그 노트 뭐냐는 동료들의 질문에 정나영은 아무것도 아니라고 둘러댄 뒤 퇴근했다. 바깥 날씨는 불길했다. 화창한 햇살이 사라지고 먹구름이 몰려들었다. 퇴근 차량으로 복잡한 도로를 달린 뒤 아파트 주차장에 들어섰을 때 폭우가 시작되었다. 지하 콘크리트 벽을 주먹들이 쳐대듯 빗소리는 요란했다. 현관문을 열기도 전에

천둥과 번개가 쳤다. 주인의 심상찮은 낌새를 알아채고 반려묘도 가까이 오지 않았다. 정나영은 판도라의 상자를 여는 심정으로 이정욱의 비망록을 열었다.

이정욱의 비망록

겉으로는 평범해 보이는 삶에도 남들은 모를 곤란이 존재하는 법이다. 마찬가지로 누군가는 최악의 삶을 살아도 남들은 모를 나름의 해결법을 찾기도 한다. 이 해결법을 찾는 능력은 인간에게 있지 신에게 있지 않다. 신은 인간의 고난에 도움을 주지 않는다. 그토록 갈구하고 기도하고 부르짖고 애원해도 신은 모른 척한다. 신이 없기 때문일까? 그렇지 않다. 신은 있다. 하지만 신은 악하기 때문에 인간을 복되게 하지 않는 것이다.

나는 악신과 함께 15년을 살았다. 그 긴 세월 동안 신의 무서움을 체험했기에 굴종으로 인간의 하찮음을 입증했다. 신의 힘은 인간 이상이다. 그렇다고 그 힘이 전지전능한 것은 아니다. 신이 전지전능하려면 유일신이어야 한다. 무당이 모시는 다양한 신은 인간의 믿음에 따라 존재유무가 성립된다. 기적과 신비 혹은 가스라이팅과 사기가 참된 믿음과 잘못된 믿음에서 우러나온다.

내게 고통을 준 그 악신은 힘이 한정되어 있었고 어느 날 형이 그걸 알려주었다. 그 결과 나는 자유를 얻었지만 고향을 잃었고, 미래의 빛을 붙잡았지만 혈육을 어둠 속에 버려야만 했다.

내가 태어나고 자라온 섭주는 차츰 사라져 가는 미신의 기묘한 힘이 여전히 현실의 중력으로 내리누르는 곳이었다. 개발은 퇴화에, 혁신은 보존에, 첨단은 복고에, 창조는 복지부동에 자리를 내준 도시. 보이지 않는 귀신들이 에워싸 사람들은 눈을 두리번거리며 걷고 이방인에게는 이유 없는 경계심부터 품는다. 같은 민족 같은 땅 같은 하늘 아래 전혀 다른 기운의 비밀이 새어나갈까 봐 소문에 민감하고, 그들만의 어두운 힘을 정복당할까봐 외부인에게 텃세를 부린다. 그래서 외부 사람들은 섭주를 손가락질한다. 음침하고 지 얘기만 하고 남 손가락질하고 말도 안 통하고 없는 말을 지어내기도 하는 사람들의 고장이라고.

나는 신이 아닌 사람이며 당연히 사람에게서 태어났다. 이제는 기억도 희미한 어머니는 살아 생전 내게 단 한 번도 웃는 모습을 보인 적이 없었던 가련한 여인이었다. 그릇된 믿음이 이 여인을 망쳐버렸다. 달 밝은 어느 날 밤에 나를 낳은 어머니는 그보다 5년 전에는 내 형을 낳았다. 내가 태어났을 때 어머니 곁에는 이미 그 여자가 있었다. 신을 모시며 신과 함께인 여자. 그 여자는 경상북도 섭주에 사는 무당 신차선녀였다. 내 형에 이어 나 역시도 그 여자의 종이 되었다. 그 악마의 심판을 원하기에 이 비망록을 남기는 것이다.

* * *

신차선녀와 내 어머니는 초등학교 동창이었다. 본명이 하실옥인 신차선녀는 크게 주목받지 못한 어느 무당의 딸이었고, 어머니는 지역 금융기관 과장의 딸이었다. 어울리지 않는 위치였으나 남들은 이해하지 못할 어떤 이유로 두 사람은 단짝처럼 지냈다. 돌이켜 보면 비구니가 되는 꿈을 자주 꾼 나머지 민간신앙을 맹신했다던 외할머니의 성향이 어머니한테까지 미쳐 비극을 초래한 건지도 모른다(모녀는 매우 자주 점을 보았고 신차선녀의 어머니가 모든 점괘를 내려주었다고 한다).

어머니는 우수한 성적으로 섭주에서 중고등학교까지 마친 뒤 서울에서 대학을 다니게 되었지만, 실옥은 신병을 앓아 중학교를 중퇴하고 대를 이은 세습 무당이 되어야만 했다. 내 생각에 실옥이 모자란 것 없이 자란 내 어머니한테 원한을 키웠던 데는 이런 이유도 한몫했던 것 같다. 불행하게도 어머니는 상대의 속셈을 몰랐고 진심 어린—그러나 일방적이기도 한—우정으로 고향에 올 때마다 죽은 어미 대신 이제 막 신통력을 보이기 시작하는 실옥에게 운수를 보러 왔다. 성인이 된 어머니가 대학 선배였던 아버지를 데리고 점을 치러 왔을 때 실옥은 따로 어머니를 불러 이런 말을 했다.

"너랑 동갑이라 나도 조심하고 있지만 삼재三災 중 가장 위험한 눌삼재가 드는 올해가 우리 띠한테 해당돼. 안 좋은 일 생긴다. 저 남자 교회 다닌다 그랬지? 헤어져야 하고 저 남자 하자는 대로 따라서도 안 돼. 평생 믿어온 걸 딴 걸로 바꾸지 마."

"개종?"

가방끈이 짧은 실옥은 어머니가 무심코 던진 '개종'의 뜻을 알아듣지 못하고 자신을 개잡종이라 욕한다고 생각했다. 아마 섭주의 공기 중에 흐르던 알 수 없는 존재들이 그녀의 귀에 장난을 친 것일 수도 있다. 실옥이 먼저 흥분했고 약간의 말다툼이 있은 후 어머니는 그 자리를 나왔다.

얼마 후 자동차 만드는 기업에 취직한 아버지와 결혼했다. 실옥은 앙심을 품었지만 이때까지만 해도 아무 일도 일어나지 않았다. 형을 낳고 교회를 다니기 시작한 어머니도 아버지처럼 행복해했다고 하니까.

사건은 4년 후, 추석을 앞둔 9월에 일어났다.

장인장모의 산소가 있는 섭주 처가에 와 벌초를 하던 아버지는 예초기를 놓고 쉬다가 갑작스레 몰려온 통증에 심장을 움켜쥐었다. 잠시 후에는 양손으로 머리를 잡고 죽을 것 같다고 소리쳤다. 아버지는 팔다리가 꺾일 정도로 처음 겪는 통증에 고통받았다.

"정환 엄마…. 내가… 독사한테… 물렸나봐…."

새참을 사러 나간 어머니는 그 자리에 없었다. 산소 곁을 지나치던 인근의 농부가 아버지를 발견해 뱀에게 물린 것 같다며 119에 신고했다. 몸을 움직이지 못하는 아버지는 쓰러져 신음만 계속했다고 한다. 당시 태중에 나를 가졌던 어머니가 다섯 살 난 형의 손을 잡고 병원에 도착했을 때 아버지는 이미 이 세상 사람이 아니었다. 뱀에게 물린 자국은 발견되지 않았고 지병도 없어 사인은 돌연사로 처리되었다.

어머니는 세상일에 미숙한 주부여서 미래의 대처에 최악의 결정을 내렸다. 뭘 어떻게 해야 좋을지 헤매다가 발 디디고 선 곳이 섭주임을 깨닫고 친구 하실옥부터 떠올린 것이다. 예언이 정확하게 들어맞았다는 무서움에 어머니는 무너져내렸다. 사건의 인과관계를 떠올릴 틈도 없이 있는 대로 약점을 드러내버렸다.

"니 말이 다 맞았어! 나 이제 어떡하니, 실옥아? 우리 애들은 어떡해!"

실옥은 얼마 전부터 외양을 무섭게 꾸민 후 옷차림도 알록달록한 한복을 입은 신차선녀神借仙女가 되어 있었다.

"개잡종이 모시는 장군님이라고 무시했으니 오죽하겠어? 다 니 책임이야."

"무시 안 했어! 그런 적 없어! 아냐, 다 내가 잘못했어! 어떻게 애들은 지장 없겠니?"

어머니가 조금만 냉철한 판단력을 갖고 있었다면 과거의 예언이 실현된 것이 삼재까지 무사통과한 4년 후라는 데 생각이 미쳤을 것이다. 그 경고라는 것도 잘 생각해보면 무녀 아니라 동네 할머니라도 읊어댈 수 있는 수준이었다. 하지만 십자가 앞에서도 점치고 굿하는 관습을 지우지 못한 채 머리부터 발끝까지 남편 하나에만 의지해온 어머니에겐 오로지 머리부터 발끝까지 의지할 새로운 사람만이 필요했다. 내가 하란 대로 했으면 니 남편 안 죽었을 거란 믿음을 주는 사람. 신차선녀는 어머니의 유리처럼 얄팍한 의지를 진작부터 알아왔고 한층 지직거리는 균열을 내기 시작했다. 눈을 감은 채 그녀는 목소리마저 굵직하게 바꾸었다.

"다음 번엔 니 옆의 큰아들 차례다…. 아하, 아비의 삼재에 지

삼재까지 겹쳐 육재의 살이 찾아가는구나…. 기어이 찾아가는구나…. 장군님 시키는 대로 하면 무사할 수도 있겠지만…."

겁에 질린 어머니는 무엇이든 하겠다고 약속을 해버렸다. 겉으로만 친구였지, 보이지 않는 앙금을 기억해온 신차선녀의 가스라이팅은 그렇게 시작되었다.

＊ ＊ ＊

먼저 전 재산을 신차선녀에게 **빼앗겼다**. 이어서 생활고를 핑계로 여기저기서 빌린 친척들의 돈도 신차선녀에게로 흘러들었다. 위탁의 성격을 띤 이 자진상납은 사실은 강탈이었다. 장군님이 보증인이니 살 맞을까봐 돌려달라고 할 수도 없는 강탈. 서울의 집을 정리한 어머니가 신차선녀의 집으로 들어간 사실을 친지들이 알았다면 희한한 비극은 시작되지 않았을 것이다. 친지들은 친정 부모가 일찍 죽고 남편마저 잃은 무남독녀 어머니가 고향인 섭주로 낙향하는 줄 알았고, 돈을 빌리길래 장사를 시작하는 것쯤으로 예상했다.

뉴스에나 등장할, 아무도 모르고 아무도 믿어주지 않는 스토리가 펼쳐졌다. 어머니는 신차선녀의 노예가 되었다. 무업을 위한 보조 일부터 밥 짓고 빨래하는 가사까지 몽땅 맡고 선녀 소유의 밭에서 농사를 지음은 물론, 밖에 나가 돈까지 벌어와야 했다(나중에 설명하겠지만 신차선녀가 돈을 잘 버는 무녀는 아니었기 때문이다).

선녀의 지시로 어머니는 길에서 야채를 팔았고 어묵도 팔았다. 온갖 궂은일을 다하면서 한 푼도 받지 못했다. 오로지 뱃속의 아이가 무사할 치성만을 드려야 했고 이 와중에 상습적인 매질과 폭행을 당했다. 자기 소유물이 되자 신차선녀는 어머니에게 상승 그래프 같은 본색을 드러냈다. 파리채, 허리띠, 빗자루, 다듬잇방망이, 부엌칼, 삽 등 손에 잡히는 물건마다 어머니를 가혹하게 때렸다. 내가 그 안에 있었음에도 어머니는 가끔 배까지 발길질에 채였다.

"이게 다 장군님보다 내가 먼저 쇼를 해 액막이를 하는 것이니 뱃속 니 새끼가 남편 꼴 안 되게 하려면 참아! 알았어?"

어머니는 신차선녀의 협박에 맹종했다. 이미 그때부터 정상과 비정상의 경계를 왔다갔다했음에 틀림없다. 몇 달 후 어머니는 선녀의 명령으로 나를 집에서 낳았다. 난산이었고 적절한 산후조리도 받지 못했다. 나는 눈이 찢어지고 입이 커다란 귀신같은 얼굴이 내 앞에 바짝 다가와 웃는 모습을 간간이 기억한다. 쌍화탕과 나프탈렌을 섞은 듯한 특유의 한복 냄새를 지금도 잊을 수 없다.

그 여자가 바로 악귀 신차선녀였다. 언젠가 형이 그랬다.

"어머니는 널 낳자마자 신차선녀가 괴롭혀 다시 돈을 벌러 나갔어. 널 낳자마자….."

불행 중 다행인지 신차선녀는 어머니한테 성적인 악행을 저지르지는 않았다. 왜냐하면 신차선녀 스스로가 지독한 색녀라 매일 남자를 끌어들이는 데 혈안이 되어 다른 여자가 자기 앞에서 노닥거리는 꼴을 허용하지 않았기 때문이다. 하지만 남자한테 버림받거나 무시당하면 어머니와 형한테 폭력적인 화풀이를 했다.

형도 어머니만큼 손찌검을 많이 당했다. 쳐다본다고 맞고, 시키는 것 못 한다고 맞고, 말귀 못 알아듣는다고 맞고, 죽은 네 애비 놈 닮아 재수없다는 등 온갖 핑계로 맞았다. 가스라이팅 당한 어머니가 왜 선녀님 말 안 듣냐며 형을 때릴 때도 있었다. 반항의 싹을 처음부터 잘라버릴 제초작업이나 같았다. 무서웠던 건 형이 맞을 때 어머니가 이상한 합장과 함께 머리를 조아렸다는 사실이다. 그리고 어머니의 변한 성격이 전염되었는지 형 역시 매질에 순응했다. 허공을 향한 어머니의 눈은 불안하게 좌우로 굴렀고 입술은 말을 더듬느라 실룩거렸다.

그런 어머니가 갑자기 행방불명이 되었을 때 다섯 살이 된 내게도 최초의 매질이 시작되었다.

"니들 어미란 년이 야반도주를 했다! 그것도 내 돈을 훔쳐서! 뒷골 잡고 쓰러질 거 같으니 잃어버린 액수만큼 네놈들이 몸으로 때워야겠다!"

어머니는 정말 온다간다 한마디도 없이 자취를 감추었다. 어디로 갔는지 몰랐고 봤다는 사람도 없었다. 충격받을 여유도 없이 어머니가 하던 일을 형이 대신해야만 했다. 선녀는 형을 학교에 보내지 않았다. 신문팔이, 구두닦이, 빈 병 줍기, 찹쌀떡 행상 등 돈 버는 일을 시켰다. 굿이 있을 땐 북을 쥐게 해 박수 역할을 맡겼다. 그 여자는 우리 형제에게 하루 두 끼를 먹였는데 그나마 제대로 된 밥도 아니었다. 잘 먹이지도 않은 채 정말 많이도 때렸다.

"엄마! 엄마! 언제 와!"

나는 맞을 때마다 어머니를 부르며 울었는데 신차선녀는 그 말을 못 하게 하려고 더 때렸다. 형은 엄마를 부르지도 울지도 않았다. 비쩍 마른 형은 몸보다 큰 무구 뭉치를 등에 지고 산을 올라야 했다. 무게를 지탱 못 해 넘어져 장구며 징이며 제사상이 널브러질 때 선녀는 형의 머리채를 잡아당겼다. 짧은 머리칼이 잘 잡히지 않으면 발로 걷어찼다. 어머니 이름을 부르면서 형을 때렸다. 피 흘리는 형을 병원에 데려가지 않았고 일부러 꾀를 부린다며 한층 독한 매질을 했다. 그러나 부러진 무구는 말끔한 새것으로 바꾼 후 정성스럽게 닦아 광을 냈다. 그래도 형은 울지 않았다. 어떤 매질과 괴롭힘에도 형은 표정 하나 바꾸지 않고 감내했다. 노예의 일을 하느라 늘 분주했던 형이 잠시 멈출 때는 학교를 지나칠 때뿐이었다. 아쉬움인지 그리움인지 모를 표정으로 형은 학생들의 음성이 들려오는 학교를 지그시 바라보다가 등을 돌렸다.

* * *

이쯤에서 신차선녀의 악행을 알고도 사람들이 고아 형제를 외면했던 이유를 언급해야겠다. 조금 전 나는 신차선녀가 돈을 잘 버는 무당은 아니라고 말했다. 이름을 떨치기는커녕 돌팔이 소리까지 들었던 그 여자는 그러나 특별한 분야에서 배타적인 영험함을 갖고 있었다. 모두가 쉬쉬하지만 아는 사람은 알고 나 역시도 두 눈으로 확인했던 무서운 능력이었다. 사람들은 그녀만이 보유한 '신의 대행능력'에 신비함보다 두려움부터 느꼈는데, 그 능력은 바로 저주와 방자술이었다. 신차선녀가 등에 업은 몸주신은 사람들을 해코지하고 심지어 죽여버릴 수도 있었다. 그 악신의 이름은 신차대장군神借大將軍으로, 인간계와 유명계를 왕복하다 인간 하실옥에게 내림한 신격神格이 되기 전부터 악명을 떨쳤던 조선 시대의 인물이었다.

　신차대장군 이무李誣는 선조 25년(1592년) 11월에 왜장 히토미 고로사쿠를 처단한 경상도 섭주 지방의 의병장이었으나, 죽어서도 의병장으로 추대받지 못했다. 무당의 자식이었던 그는 신분 처지에 불만을 갖고 있던 중 전란이 출세의 기회라 생각하고 분연히 일어섰다. 애당초 섭주에서는 영남 유생 권두흡이 격문을 내걸어 의병을 모으는 중이어서 이무 역시도 권두흡을 찾아 참전 의사를 밝혔다. 신분고하를 막론한 구국의지에 이무는 크나큰 격려를 받았다. 그러나 이무는 친부의 출신이 양반이니만큼 자신에게도 권두흡 아래의 부장副將 직권을 달라 했고 그 이유로 자신에게 특별한 능력이 있음을 들었다. 무당의 자식 주제에 오만방자하다 하여 권두흡과 참모들은 특별한 능력이 무엇인지 묻지도 않고 이무를 쫓아냈다. 당시 권두흡과 이무의 대화가 야사에 전한다.

　"네 비록 귀한 아비의 성을 이어받았다 하나 이름에는 이미 '업신여기고 깔본다誣'는 뜻이 있다. 적이 아닌 아군을 이미 업신여기고 깔보는 자는 기강이 바로 서고 체계가 무쇠 같아야 할 전장에 훼방꾼이 될 뿐이다. 이곳의 사기를 흐리지 말고 다른 곳을 알아보거라."

　"어머니가 지어준 그 무誣 자에는 '무속巫의 말씀言'이란 깊은 뜻이 담겨있소. 사서삼경을 외운들 당신들처럼 노둔한 이들은 절대 무가巫家가 전하는 신비력의 경지에 도달치 못할 것이오. 나는 홀로 적장을 사로잡아 신분족쇄를 들먹여 영웅을 알아보지 못하는 당신네들을 비웃을 거외다. 당신들은 왜군들의 조총 앞에 전멸할 테지만 나의 의병은 사람이 아닌 신이라 나는 죽음마저 피해갈 것이오. 두고 보시오."

악담을 쏟은 이무는 권두흡의 진영을 박차고 떠났다. 양반 유생들은 이무를 비웃었지만 그들이 모르는 사실이 있었으니, 이무에겐 신의 힘을 빌린神借 칼로 그림자를 베는 것만으로도 사람을 죽일 수 있다는 세간의 소문이었다.

이무의 예언은 이루어졌다. 사흘 후 일본 제7군 부대 모리 데루모토 휘하의 장수 히토미 고로사쿠가 군사 3천을 이끌고 섭주를 침공하자 권두흡과 영남 의병 1200명이 이들을 맞아 싸웠다. 의병들은 기동력을 내세운 야습으로 초반 왜군에게 타격을 입혔으나 왜군의 제8군 부대가 합류해 전투병력이 증강되자 백곡벌관에서 하루 반나절이 걸린 백병전 끝에 전원 전사했다.

승리한 왜군은 그 장렬함을 기려 권두흡과 지휘관들을 따로 묻어주긴 했으나 섭주 고을의 약탈과 방화는 막지 않았다. 히토미 고로사쿠는 백곡벌 아래 강가의 정자에서 기생들을 끼고 잔치를

벌였다. 기생 중 미모 절색인 안희는 권두흡의 첩이었으나 보복의
마음을 품고 의도적으로 히토미에게 접근한 터였다. 춤과 교태로
히토미의 애간장을 녹인 안희는 오늘밤 장군의 수청을 들 터이니
그 증표로 손수건을 달라고 했다. 히토미는 자신의 이름을 쓴 손
수건을 쾌히 안희에게 주었고, 안희는 이 손수건을 몰래 심부름꾼
에게 건네 통악산 동굴에 있는 이무에게 전하라 했다.

심부름꾼이 도착했을 때 이무는 붉은 옷으로 몸을 감싼 후 사람
키만 한 제웅(짚단인형) 앞에서 수도修道를 하고 있었다. 손수건은
제웅의 짚단 속으로 깊숙이 박혔고 이무는 주문을 읊은 뒤 미리
준비해둔 12개의 식도(부엌칼)를 신체 12부위에 박았다.

잔치 중에 히토미 고로사쿠는 팔다리가 마구 꺾이는 발작을 일
으켰다는데, 사람들의 증언에 의하면 이무가 신차검으로 제웅의
얼굴 한가운데를 찔렀을 때 히토미는 한 말의 피를 토했으며 피가
더 나오지 않자 눈알과 혓바닥까지 한계 이상으로 내민 채 죽었다
고 한다.

가공할 암살이 실현되자 기세를 탄 반격이 시작되었다. 권두흡
의 제자 권상절이 다흥에서 이끌고 온 의병이 왜군을 공격한 것이
다. 대장을 잃어 혼란에 처한 적군에게 권상절은 대승을 거두었고
전사한 스승과 충렬의병들에 관한 장계를 순찰사에게 올렸다.

그때 이무가 나타나 자신과 안희의 공을 함께 올려달라고 청했다. 기개 높은 유생 권상절은 적장 히토미 고로사쿠가 피를 토하고 죽은 건 조선의 풍토병 때문이지 무당의 방자술은 아니라고 잘라 말했다. 안희가 달려와 이무의 공을 재차 알렸으나 권상절은 큰 소리로 두 사람을 꾸짖었다.

　"너는 지아비를 버리고 적장의 품에 안겨 정절도 삼강오륜도 버리더니 이제 놈들이 죽으니 살아날 방법을 모색하는구나. 아마도 너희 둘이 짜맞춘 이야기일 터, 너희 둘의 관계가 의심스럽구나. 자, 여기 은장도가 있다. 자결하는 것만이 돌아가신 스승님에 대한 최소한의 도리일 것이다. 그리고 적장의 숨통을 방자술로 끊어놓았다는 네놈 이무, 똑똑히 듣거라. 미천한 무당의 자식놈이지만 내가 널 살려주는 이유는 단 하나, 신분은 달라도 피는 똑같은 조선 사람이기 때문이다. 당장 내 눈앞에서 사라져 두 번 다시 나타나지 말거라."

　"알겠사옵니다. 눈앞에서 사라져 드립지요."

　뜻밖에도 이무는 절을 하더니 그 자리를 물러났다. 은장도를 손에 쥔 안희는 권두흡의 흙무덤이 있는 서쪽을 향해 대성통곡하다가 그대로 강물에 뛰어들어 스스로 목숨을 끊었다. 권상절은 표정 하나 변하지 않았지만 이동하기 위해 말에 올랐을 때 안장에 걸어두었던 산짐승털 조끼가 사라졌음을 알고 의아해했다.

　그날 오후 권상절은 히토미 고로사쿠와 비슷한 방법으로 죽고 말았다. 어디서 화살이 박힌 것처럼 오른쪽 눈을 붙잡더니 "우아악!" 하고 긴 비명을 지르다가 이어서 왼쪽 눈을 잡고 "보이지 않는다! 보이지가 않는구나!" 절규하며 죽어버렸다.

　'그 이무란 놈이 눈앞에서 사라져 드린다더니 말 그대로 이루어졌구나. 실명失明으로 사람을 죽이다니. 다음엔 내 차례가 될지도 모르니 그냥 두면 아니 될 놈이다.'

　곁에 있던 권상절의 모사 이홍우는 이무의 신통력을 믿게 되었고 살려두면 후환이 될 것임을 알았다. 섭주 사람들을 수소문해 그가 살고 있는 동굴을 알아내고 군사를 보냈다. 이무를 붙잡았을 때 이홍우는 실제로 허연 화선지 위에 닭피로 그린 사람 형상에 놓인 산짐승털 조끼를 발견했다. 조끼 위에는 칼이 무수히 꽂혀 있었다. 눈에도 화살 두 개가 박혀 있었다.

　이홍우는 사적인 분노를 잠시 미루고 이무의 능력을 나라를 위해 써볼 깊은 생각을 갖고 있지 않았다. 사제지간 성리학의 깊은 맥을 미천한 무당 아들놈이 끊었다는 분노에만 집착했을 뿐이다. 이무는 이홍우의 수하 여러 명에게 멍석말이 폭행을 당한 끝에 죽었다. 그토록이나 큰소리쳤던 신비력의 소유자치고 허무한 최후였다.

이홍우는 이무의 시신을 강물에 던지라 하다가 안희가 물속에 있다는 생각에 명을 바꿔 죽은 왜군들 사이로 던지라 했다. 이 생각 없는 행위는 단순한 귀신을 원한의 악귀로 만드는 처사였다. 왜군 시체들 틈에 섞여 이무의 존재는 사라지고 어떤 역사서도 그를 위한 페이지를 할애하지 않았다.

저주는 시작되었다. 전란이 끝난 후 그 강에서 목욕을 하던 어떤 처녀는 "나는 신에게 의탁받은 장군이다!" 하고 소리치며 나타난 귀신을 만났다. 그 귀신은 긴 머리를 풀어헤치고 얼굴에선 피가 떨어지는 끔찍한 형상의 이무였다. 죽기살기로 도망쳐 벗어놓은 옷을 주워입는데, 치마저고리 아래 녹이 슬고 낡은 보검 한 자루가 놓여있었다. 밤부터 처녀는 신병을 앓았고 보검을 들고 고을의 이름난 무당을 찾아갔다. 내림굿을 도와준 무당은 귀신의 정체가 신차검의 주인 이무임을 알려주고 신을 의탁한 대장군으로 모시라 했다. 그렇게 신차대장군 이무는 시대를 거쳐 살아남아 영력을 지닌 무녀를 선별해 내림하게 되었다.

어떻게 하실옥이 근 500년 전에 생존했던 이런 신을 섬기게 되었는지는 알 수 없다. 하지만 유유상종類類相從, 초록은 동색 따위의 격언이 나온 데는 나름의 이유가 있듯, 타고난 성정에 후천적

환경마저 비슷한 인간이 비슷한 귀신을 받는 것은 가능성이 높은 일인지도 모른다. 어쩌면 세상에 대한 분노로 일관했던 하실옥이 다른 무녀들은 받기도 꺼려할 악신을 적극적으로 소환했을 수도 있다.

중요한 사실은 그녀가 인간사에 유용하게 쓰여야 할 무력巫力을 악용해 살인을 저질렀다는 점이다. 이는 증거조차 없는 완벽한 살인이었다. 그녀가 한 번씩 큰 돈을 번 이유가 이것이었고, 형과 내가 도망을 가지 못하고 노예로 살았던 것도 그런 귀신을 업은 하실옥이 무서워서였다.

* * *

앵벌이나 다름없는 일을 하던 내 나이 열 살, 형이 열다섯 살 때의 어느 날이었다. 신차선녀가 일을 보내지 않고 집 안팎을 대청소하라 시켰다. 그녀의 얼굴엔 평소와 달리 긴장감이 가득했다. 맞는 게 두려웠던 우리는 먼지 하나 안 남도록 쓸고 닦고 정리정돈을 했다. 그 사이 그녀는 화장을 하고 한복을 곱게 차려입었다.

청소가 끝나자 시계를 보던 신차선녀는 나와 형을 골방에 가두었다. 우리는 잔뜩 겁에 질렸다. 그 골방이란 곳이 평소에는 드나들 수 없는 신당이었기 때문이다. 신당 안에는 신차대장군을 모신 제단이 있고, 장군의 그림이 사방 벽과 천장까지 붙어있었다.

머리에 오색끈을 동여매고 보검을 든 채 구름을 밟고 다니는 신차대장군 이무는 정말 무섭게 생겼다. 이 신당에 들어서면 물건이 저절로 떨어지거나 시선을 돌릴 때 그림이 움직이는 기분이 들었다. 바람이 없음에도 향이 이리저리 움직였고 천장의 이무가 그림을 뚫고 낙하하는 환각을 보기도 했다. 평소에도 들어가지 말라 엄명을 내린 방에 가둔 걸 보면 누군가로부터 우리를 숨기기 위해서인 것 같았다.

과연 얼마 후 차 소리가 들려왔다. 검게 번쩍이는 고급 승용차가 집 밖에 세 대나 섰다. 검은 양복을 입은 사람들이 내렸고 앞장선 남자에게 모두가 허리를 굽혔다. 후다닥 달려나온 신차선녀도 땅에 머리가 닿도록 절을 했다. 인사가 오간 후 선녀가 그들을 안방으로 안내했다. 잠시 후 그들이 방을 나와 신당 쪽으로 걸어오는 발소리가 들렸다. 집에 오는 손님은 무조건 피하라 교육받은 형과 나는 본능적으로 병풍 뒤로 숨었다. 나는 잔뜩 겁에 질렸다. 내가 숨겨놓고 잊어버린 스케치북이 병풍 뒤에 있었기 때문이다. 형도 그 스케치북의 정체를 몰라 어리둥절한 표정을 지었다. 곧 신당 안으로 들어온 사람들의 목소리가 들려왔다. 나는 지금도 그

대화를 기억한다.

"아, 이 그림의 주인공이 신차장군이군요. 하지만 대장군 호칭을 붙일지는 결말을 봐야만 알겠소이다."

"아유, 염려 마세요. 1592년 이후 대장군께선 한 번도 실패하신 적이 없사와요."

"그런데 왜 다른 사람 아닌 보살님한테 내렸소?"

"무슨 말씀이신지?"

"이런 큰 신을 모시고도 살림살이가 영 극빈해 보이는데…. 보통 이런 일을 의뢰한 사람은 큰 보수를 주지 않소?"

"진짜 큰 무당들 살림살이는 이렇답니다. 신을 떠받드느라 평범한 주부들처럼 살림살이에 따로 쓸 머리가 없지요."

"그래도 그렇지. 가구들도 순 옛날 것…. 잠깐만, 병풍 뒤에 누구야!"

남자의 높은 언성과 함께 병풍이 확 젖혀졌다. 한눈에 봐도 지체 높아 보이는 중년 남자가 향수 냄새를 풍기며 우리를 바라보았다.

"뭐야? 설마 당신, 애들 시켜 우리 이야길 녹음한 거야?"

신차선녀가 당황해 머리를 거듭 조아렸다. 나도 형도 한 번도 보지 못했던 선녀의 모습에 놀랐다.

"아이고 회장님, 녹음이라뇨! 큰일 날 말씀이십니다. 제 아들들이에요. 하도 꼴이 누추해 귀한 분들 눈에 안 띄게 여기 있게 했는데, 제가 그만 깜빡했어요."

"아이들이 있었소?"

"네."

"아버지는?"

"실은 얘들이 제 친아들은 아니에요. 아비 어미가 다 죽고 하도 불쌍해 제가 거둔 것이랍니다."

그 남자는 검은 머리 한가운데가 제비 배처럼 하얀 색이었다. 지갑을 꺼내더니 굉장히 큰 액수의 돈을 꺼내 형과 내게 차례로 주었다.

"아이구, 이렇게 큰 돈을 다 주시고…. 이놈들아, 얼른 인사 안 드리고 뭐 해!"

신차선녀가 호들갑을 떠는 사이 남자는 우리를 잠시 바라보더니 내 손에서 스케치북을 집어들고 펼쳤다. 내가 몰래 그렸던 신차장군의 그림이 거기 있었다. 남자가 놀란 얼굴을 했고 신차선녀 또한 놀란 얼굴을 했다.

"네가 그린 것이냐? 혼자 배워서 그린 것이냐?"

남자의 질문에 나는 고개를 끄덕였다.

"음… 아까운 실력이로구나."

아양에 가까운 신차선녀의 환대를 받으며 그 남자와 수하들은 고급차를 타고 돌아갔다.

그들이 사라지자마자 신차선녀는 우리가 받은 돈을 도로 **빼앗**았다. 자기가 그 방에 있으라 해놓고 회장님 앞에서 망신당했다며 또 우릴 때렸다. 그럼에도 마지막에 의미심장한 말을 남겼다.

"서당개 삼년에 풍월을 읊는다더니, 정욱이 니가 나랑 살다보니 이런 그림을 다 그리는구나. 언젠가 훌륭한 화랑이 될 수도 있겠다."

나로서는 처음 듣는 신차선녀의 칭찬이었다. 취미 삼아 몰래 그렸던 그림을 그녀는 대놓고 그리도록 허락까지 해주었다.

형의 표정은 좋아보이지 않았다. 아니, 어떤 감정을 감추고 있는지 입술마저 바르르 떨렸다.

* * *

3일 후 자정, 칠흑처럼 컴컴한 밤이었다. 신차선녀가 우리를 불러냈다. 그녀는 갑옷처럼 생긴 이상한 한복을 입고 있었고 얼굴에는 탈을 쓰고 있었다. 장승의 머리만 잘라 귀고리를 붙인듯 무섭게 생긴 탈이었다. 그녀가 이끄는 대로 마당으로 가니 시멘트 바닥에 사람의 형상이 분필로 그려져 있었다. 형상 안에는 와이셔츠

와 안경이 든 안경집, 그리고 파이프 담배가 있었다. 마당 여기저기에 촛불이 켜져 있었다. 탈 속에서 목 쉰 소리가 나왔다.

"누가 오나 잘 보고 있어! 오면 나한테 얘기해!"

잠이 덜 깬 채로 우린 고개를 끄덕였다. 신차선녀의 집은 기찻길 옆 빈민가 중에서도 가장 한적한 곳에 떨어져 있어 누가 볼 염려는 없었다. 늦은 시간인데다가 그 여자를 좋아하는 사람은 동네에 하나도 없었으니까.

"선 밟지 마! 밟지 말란 말야, 이 자식들아!"

신차선녀는 분필 그림을 건드리지도 않은 우리한테 협박을 하더니 신당 안으로 달려들어갔다. 이웃을 의식한 듯 조용히 치는 북소리, 벌벌 떨며 신을 부르는 목소리가 새어나왔다. 사설은 알아들을 수 없었는데 우는지 웃는지 구별이 안 가 더 무서웠다.

갑자기 바람이 불어와 촛불이 꺼졌다. 굵은 남자 목소리가 신당 안에서 들려왔다.

"구국의병에 자격타령이요. 논공행상에 신분타령이요. 빠진 놈 건져주니 보따리부터 내놓으라 하요. 지아비 복수하니 정절 버렸다 하요. 칵 죽이고 컥 숨 끊고…."

남자의 음성을 흉내낸 사설을 신차선녀가 탈 밖으로 토해냈다. 이어서 마당으로 나온 그녀는 탈을 벗어던졌다. 입술만 벌겋게 그

밖을 허옇게 화장한 얼굴이 풀어헤쳐진 머리 사이로 드러났다. 완전한 귀신의 모습이었다. 그녀가 번쩍 쳐든 것이 달빛에 번쩍거렸다. 보검이 아닌 낫이었다.

"칵 죽이고!"

신차선녀가 낫을 사람 형상의 분필 그림 가운데 푹 박았다. 시멘트 바닥이 뗑! 소리를 냈다.

"컥 숨 끊고!"

낫이 심장을 찍으며 불꽃을 튀겼다. 먹구름이 빠르게 흘러 달을 가렸다.

"확 누르고!"

비슷한 소리가 반복되면서 낫은 분필 그림 속에 여러 차례 박혔다. 형이 귀를 막았고 나도 귀를 막았다. 낫질이 계속되면서 화장을 지우는 땀방울이 떨어졌다.

그때 구름이 지나가고 다시 달이 나왔다. 형과 나는 달 색깔이 피처럼 빨갛게 변했음을 알았다. 신차선녀의 손에서 낫이 떨어졌다. 마당에는 낫으로 인한 하얀 스크래치가 촘촘하게 생겨나 있었다. 선녀가 힘을 잃고 픽 쓰러졌다.

"이놈들아, 뭘 그러고 있어. 어서 나를 방으로 날라라."

형이 겨드랑이를 잡고 내가 다리를 들어 탈진한 선녀를 방으로 옮겼다.

"정욱이, 뉴스 틀어봐, 빨리. 정환이 넌 마당으로 가서 그림을 덮어."

내가 텔레비전을 틀고 형은 마당으로 나갔다. 그림 덮는 비닐 소리가 들려오자 선녀가 내게 명했다.

"다리 좀 주물러라. 장군님 부르느라 기운을 다 썼다."

선녀는 이마에 물수건을 얹은 채 종일 누워있었는데, 기다렸던 소식은 아침에야 들을 수 있었다. 텔레비전을 보던 그녀가 긴급뉴스에 벌떡 일어났다.

"제향 그룹 초대회장인 김영목 씨가 어제 섭주 붕평마을의 민속 축제에 참석했다가 심장마비로 사망했습니다. 올해 79세인 김 회장은 평소 지병을 앓아오긴 했으나 건강에 무리가 없었고, 일주일 전엔 사업 차 캐나다 몬트리올까지 출장을 다녀올 정도로 기력을 과시한 상태여서 재계에 충격을 주고 있습니다. 김 회장이 묵었던 호텔 관계자에 의하면, 김 회장은 오늘 새벽 온몸으로 옮겨다니는 통증을 호소하다가 심장을 움켜쥐고 쓰러졌다고 하는데요. 현장에서 심폐소생술이 이뤄졌으나 의료진이 도착했을 때는 이미 늦어 끝내 숨을 거두었다고 합니다. 한편 슬픔과 충격에 빠진 제향 그룹은 경영 승계권 문제로…."

형과 나는 이 뉴스에도 놀랐지만 화면의 유가족을 보고는 더욱 놀랐다. 슬픔을 못 이기겠다는 표정의 후계자 중에 하얀 머리칼 한 줌이 검은 머리 가운데 나 있는 그 남자가 있었다. 가장 비통한 울음을 터뜨리는 사람도 그 남자였다.

"저 사람이 7남매 중 몇남이더라? 장남은 아닌데, 이방원이처럼 그룹을 이어받을 거야."

신차선녀가 깔깔깔 웃다가 나와 형을 노려보았다.

"도망칠 생각만 해봐라 요놈들. 죽은 저 영감 꼴로 만들어줄 테니."

그래도 그녀는 기분이 좋은 모양이었다. 밤늦은 시간에 검은 양복 입은 사람이 검은 승용차로 수차례나 돈 가방을 싣고 왔다. 쌀가마가 쌓이고 재물이 쌓이자 신차선녀는 딱 한 번 우리를 양팔로 끌어안고 뽀뽀를 하기도 했다. 한동안 밥상에는 쇠고기가 놓이고 우리는 중화요리도 얻어먹었다. 그러나 형은 그 모든 것에 거의 입을 대지 않았다. 형의 얼굴엔 핏기가 사라졌고 창백했다. 큰 충격을 받은 사람 같았다. 둘이서만 있게 될 때 어디 아프냐고 묻자 형이 나를 홱 돌아보았다. 표정은 평소와 똑같았지만 형의 눈에는 내가 처음으로 보는 눈물이 어려있었다.

"정욱아, 넌 아버지를 본 적 없지? 네가 태어나기 전 우리 아버지는 저 회장과 똑같은 수법으로 죽었어! 바로 이곳 섭주에서! 누가 그랬는지 이제는 알 거 같아!"

*　*　*

5년 동안 신차선녀는 다섯 사람을 더 죽였다. 어느 귀부인의 의뢰로 아흔 살이 넘게 장수한 시어머니를 죽게 했고, 진급에 불만을 가진 어느 육군 대령의 의뢰로 장군 하나를 저승으로 보냈다. 나머지 세 사람은 맺힌 원한을 풀기 위해 어렵게 돈을 싸들고 온 평범한 이들이었다. 누군가를 죽여달라는 그들의 소망을 선녀는 들어주었다. 1년에 1회인 셈인데, 만약 의뢰가 이보다 잦았다면 선녀는 부자가 되었을 것이다. 그러나 선녀의 영험함을 아는 사람은 별로 없었고 은밀한 입소문을 통해 오는 극소수의 고객이 있을 뿐이었다. 소문이 난다면 큰 재산을 모을지는 몰라도 그녀가 가 있을 곳은 감옥이었을 터, 이 점에서 선녀는 영리했다.

신차선녀의 영역은 합법과 불법이 무의미한 세계로 이성과 상식을 넘어서는 세계였다. 직접적인 물리력 없이 생각이나 의지만으로 사람을 죽인다는 게 정말 가능한 일일까? 사람이 아닌, 신앙적인 존재에게 부탁을 한다는 게 진실일까? 사람을 해치는 귀신이라는 게 실제로 있을까?

예로부터 인간은 자연에 무서움을 느끼며 살아왔다. 음침한 바위, 어두운 동굴, 무성한 숲, 검은 하늘…. 태초의 원숭이들은 그 같은 어둠을 두려워했고 어둠 속의 자연을 의인화하기 시작했다. 폭우가 쏟아지면 비 내리는 존재가 벌을 내린다 생각했고, 사냥감을 얻으면 숲이란 존재에 그 사냥감의 일부를 바쳐 더 무성한 수렵을 기원했다. 이 기원과 치성은 점점 형식을 갖추게 되고 믿음이 되어 갔다.

그런 존재가 사실은 의인화된 상상 속 존재가 아니라 극소수의 선지자가 직접 눈으로 본 후 선택받지 못한 다중에게 소개한 실재의 존재는 아닐까? 그 선지자야말로 신차선녀 하실옥이나 신차장군 이무의 기원이 된 무격巫覡의 시초자들이 아닐까?

대자연에는 눈에 보이지 않는 공기가 있고 질병 바이러스가 있으며 과학으로 발견 못 한 존재들이 있다. 그 존재란 일종의 힘일 수도, 에너지일 수도 있다. 선택받은 어떤 자들은 그 힘과 에너지를 알아보고 허락받으며 응용할 수 있다. 초능력이나 염력도 그 일부일 것이나, 계시라는 자격증을 쥐고 힘과 에너지를 쓴다는 점에서 그 능력은 신차神借와 다르다.

신내림이라는 인증, 계시라는 허락으로 그런 존재를 가까이 끌어들일 수 있는 어떤 사람은 자신이 소망하는 의지에 그 존재의 힘을 실어보내 누군가를 죽일 수 있었다. 선녀의 집에서 그런 목적의 굿을 하면 누군가 죽어나갔기에 확신할 수 있다. 비록 악신이지만 신은 분명 존재했고, 형과 나는 믿지 못할 저주의 힘을 두 눈으로 똑똑히 보았다. 악행일지라도 신차선녀에게 권한을 준 신은 그 방법을 반대하지 않았기에 그녀가 정성스레 차린 제삿밥을 얻어먹었던 것이다.

모두가 늘 거지꼴을 하고 있는 신차선녀를 앞에서는 욕했지만, 뒤에서는 함부로 말하지 않았다. 그 여자를 찾은 이들은 대기업 회장이나, 사회의 고위층 간부 등 그들 스스로 지성과 과학의 첨단 위에서 부를 추구한 사람들이었다. 허나 그들은 지성과 과학으로 해결 못 할 일이 있으면 이성과 법이 아닌, 그들이 철저히 무시했던 미신으로 그들의 목적을 이루었다. 교회나 절에서 찾는 신과 달리 은밀히 찾는 신이 있다. 이들이야말로 진짜 신이다. 눈에 보이도록, 대중을 이끌도록, 홍보효과를 하도록 합의된 신은 신이 아니다. 진짜 신은 결코 선행을 하지 않는다. 네 이웃을 사랑하지 않고, 대자대비를 베풀지 않으며, 복음을 전하지 않는다. 그들은 인간과 아주 흡사하다.

형과 내가 끝내 도망을 가지 못했던 이유도 이 때문이었다. 신차선녀의 신자들은 전국 어디에나 있을 수 있었다. 게다가 신의 존재를 인정한 형과 내가 어찌 기적 앞에서 외면을 할 수 있었겠는가. 목숨이 걸려 있는 마당에 말이다.

* * *

시간이 흘러 형이 스무 살, 내가 열 다섯 살이 되었을 때 형은 변했다. 무표정한 얼굴 대신 불안한 얼굴이 형의 목 위에 걸려 있다. 이제 중년이 되어가는 신차선녀가 때리려 하면 겁에 질려 손부터 머리 위로 올렸다. 신차대장군의 압력에 완전히 장악당한 이유도 있겠지만, 그보다는 아버지 죽음의 원인을 알고 나서가 직접적 원인인 듯하다. '무슨 저주로 우리 가족이 이 미친 여자한테 구속되어야 했을까…' 이런 생각이 아니었을까?

형의 키는 더 자라지 않았지만 등에 멘 짐은 갈수록 무거워졌다. 무녀는 벌어들인 돈으로 남자를 불러들이고 그들에게 돈을 갖다바치기에 혈안이 될 뿐, 생활비를 버는 일은 여전히 우리 형제에게 맡겼다. 우리는 언제든 우리를 처치해버릴 수 있는 악마의 인질이 되어 죽도록 일만 해야 했다. 하지만 시간의 흐름과 함께 형이 한 번씩 나를 놀라게 하는 일은 종종 찾아왔다.

어느 날 술에 취해 돌아온 선녀는 연속극을 틀어놓고 드러누웠다. 목 마르니 물을 가져오라 하자 형이 주전자를 들고 갔다.

"아비어미 다 죽고 불쌍해 우릴 거뒀다는 말이 사실인가요?"

신차선녀는 약간 놀란 눈길로 형을 바라보다가 시선을 돌렸다.

"수년 전 얘길 지금도 기억해?"

"잊을 수 있는 얘기가 아니잖아요."

"그럼 내가 회장님한테 네 어미가 도망갔다고 얘기할까?"

"아버지는 어떻게 죽었어요?"

"그때 너도 있었잖아! 벌초하다 미친 지랄병을 앓고 뻗어버린 거지. 설마 내가 그러기라도 했을까봐? 이놈이 머리가 굵어졌다고 이제 어미한테 막 대드네?"

"정욱이 학교에 보내줘요."

신차선녀는 뜻밖의 반항에 말문이 막혀 대답에 시간이 걸렸다. 주전자 꼭지에 입을 대고 벌컥벌컥 마시다가 마지막 한 모금을 형의 얼굴에 푸 뿜었다.

"글을 배우면 경찰도 찾아가고 검찰도 찾아가려고? 나는 법을 어긴 일은 안 했어."

"정욱이는 글을 배워야 해요."

"정욱이는 그림을 그릴 거야. 우리나라에서 가장 신선도를 잘 그리는 화랑이 될 거야."

"모은 돈을 제대로 관리하려면 글을 아는 사람이 있어야 해요. 그렇게 돈을 벌어도 이 집은 변한 게 없잖아요."

"이게 지 어미를 닮아 날 무식하다고 놀려?"

선녀가 굿할 때 쓰는 단창短槍을 집어던졌다. 주전자를 들고 돌아서던 형의 오른쪽 귓구멍에 이 창이 꽂혔다가 떨어졌다. 형은 비명을 지르며 나뒹굴었다. 나는 분노보다는 겁에 질려 무녀에게 대들 생각을 하지 못했다.

"가만히 둬! 피를 닦거나 약이라도 주면 장군님한테 치성드려 네놈들을 한꺼번에 죽일 테니까."

* * *

어떤 치료도 해주지 않았기에 형은 수건을 오른쪽 귀에 대고 다녔다. 무더운 날씨여서 악취와 함께 고름이 흘러나왔다. 끙끙 앓으면서도 형은 몰래 내게 글을 가르쳤다. 무녀에게 말해봤자 소용없음을 깨달았던 것이다. 그것은 강제로 눈을 감아야만 하는 환경에서 자기 의지로 눈을 뜨는 것 같은 기분을 주었다. 신차대장군도 우리 일에는 끼어들지 않았다. 불완전하게나마 형 덕분에 읽고 쓰는 법을 익힐 수 있었다.

이런 양상과 다르게 형의 귀는 점점 나빠져 오른쪽 귀가 거의 안 들리게 되었다. 얼굴에는 불안이 문신처럼 달라붙었다. 나는 형의 청력을 빼앗고 매일 남자를 구하는 신차선녀에게 신차대장군이 벌을 좀 내렸으면 좋겠다고 생각했다.

어느 날 신차선녀는 덕삼이란 남자를 데리고 왔다.

"니네 아버지다. 인사해라."

"애들이 있었네?"

너구리와 여우를 합쳐놓은 것 같은 얼굴이 우리를 보고 씩 웃었다. 신차선녀는 지금껏 기둥서방을 수시로 바꾸었지만 덕삼은 가장 흉악한 얼굴과 건장한 체격을 가진 남자였다. 무더운 날씨에도 가죽점퍼를 입고 다니는 그 남자는 등허리의 용 문신을 가린 전과자였다.

그날 이후 세 식구는 네 식구가 되었다. 덕삼은 아침저녁으로 신차선녀와 그 짓을 하면서 공짜밥에 공짜잠을 먹고 잤는데, 그 짓을 안 할 때는 빈둥거렸다. 종이로 대충 바른 미닫이 문은 방음이 전혀 안 되었다. 두 마리 개가 붙은 것 같은 교성에 집은 떠나갈 듯했지만 이제 귀가 잘 들리지 않는 형은 지친 표정으로 계속 일만 했다. 없으면 찾아서라도 했다. 형도 나도 노예 신세라는 걸 알면서도 또 모르고 있었다.

그러나 나는 한 가지 생각만은 계속 했다.

'저건 분명 부정 타는 짓인데 왜 신차대장군은 신당 옆에서 불경함을 일삼는 무리를 그냥 놔두는 걸까?'

'도망'이란 단어가 처음으로 떠오른 건 그때였다. 아무 능력도 없는 덕삼 같은 놈도 저렇게 세끼 밥을 다 먹고 사는데, 여기서 나가면 무슨 일인들 못할까? 그런 의지를 일깨워준 점에서 언제부턴가 덕삼이 신차대장군에 버금가는 신처럼 보였다.

신은 착한 존재일 수도 있었다. 절망만을 주다가 희망을 주기 위해 나타나는 존재.

* * *

왜 덕삼을 신이라 생각했을까? 답은 간단했다.

시간이 흐르면서 눈에 안 보이는 신차대장군 대신 우리 눈앞의 덕삼이 신차선녀에게 벌을 주었던 것이다. 언제부턴가 덕삼이 신차선녀에게 폭력을 행사했다. 우리는 멍들고 깨진 얼굴에 가끔 울면서 욕을 퍼붓는 신차선녀를 종종 보았다. 똑같은 일이 반복될수록 우리는 두 사람 간에 오고가는 어떤 공식을 알아냈다.

- 노름을 해야겠으니 돈을 달라.

- 벌써 몇 번째냐. 한두 번 갖고 가냐? 못 준다.

- 노름판에 안 갔다던데? 딴 여자 생겼지?

- 이 천한 무당년이 공짜로 서방질해준 거 고마운 것도 모르고!

대화 끝에는 항상 덕삼이 신차선녀를 때렸다. 신차선녀는 반격하는 대신 덕삼을 잡고 매달렸다. 지금껏 아무도 못했던 일을 날건달 덕삼이 해냈다. 형과 나는 신차대장군이 그에게 내렸다고 확신했다. 신은 분명 존재하지만 보이지 않는 방식으로 사람 사이에 임한다. 신의 근본은 악하지 않고 선한 것인지도 모른다!

실제로 덕삼의 얼굴은 점점 신당에 있는 신차대장군을 닮아가고 있었다. 눈웃음치던 눈가는 매섭게 굳었고, 경박한 말만 쏟던 입술은 사천왕처럼 꽉 닫혔다. 신차선녀에게서 더 이상 우려낼 돈이 없음을 알아낸 후의 변화지만, 우리에게 이 변화는 단순한 일이 아니었다.

덕삼은 우리 형제가 해주는 공짜밥을 먹고 온갖 심부름도 시켰다. 그러나 신차선녀처럼 우릴 때리고 괴롭히는 짓은 하지 않았다. 심지어 덕삼은 선녀가 없을 때 우리에게 이런 말까지 했다.

"미친년 밑에 불쌍한 놈들이구나. 저건 사람이 아니라 사람 잡는 귀신이다. 여기서 인생 망치지 말고 **빨리 도망쳐.**"

덕삼에게 구타를 당하면 신차선녀는 형과 내게 두 배로 화풀이를 했다. 그래도 우리는 그녀가 맞는 것이 좋았고, 그 불경함에 대한 신차대장군의 벌이라고 믿어 의심치 않았다. 나는 신문을 돌리다가 섭주역 인근 방석집의 붉은 조명 아래 마담과 반쯤 벌거벗은 채 난장판을 벌이고 있는 덕삼을 종종 보았다. 신차선녀에게서 후린 돈이 그런 데 쓰이고 있었다. 따지고 보면 우리 형제가 번 돈일 수도 있었지만, 선녀를 골탕 먹인다는 점에서 덕삼의 그런 행위조차 섭리로 다가왔다.

덕삼과 신차선녀가 마지막으로 싸웠을 때는 가구가 박살나고 동네 사람도 기웃거릴 정도로 소란스러웠다.

술에 취한 덕삼이 노름할 돈을 갖고 오라고 고함을 질렀다.

"돈 갖고 와! 어디 숨겼어!"

"그만큼 가져가서 잃었으면 정신 차려야지, 또 돈타령이냐?"

"미친 귀신 같은 게 어디서 내조질이야? 니가 내 마누라야? **빨리 돈이나 내놔!**"

"이젠 한 푼도 없다. 그냥 날 죽여."

"이게 사람 꼬셔놓고 구라쳤네? 니 돈 많다면서! 장롱 안에 쌓아놓고 있다면서!"

"니는 구라 안 쳤니? 돈이고 뭐고 나만 있으면 된다면서?"

"이게 귀신들하고만 살더니 사람 말귀를 못 알아듣나? 내가 왜 너 같은 거 하고 살아?"

덕삼이 신차선녀의 머리채를 잡고 흔들다가 밀어버렸다. 쌓아놓은 광주리와 함께 신차선녀 하실옥이 힘없이 넘어졌다. 형과 나는 속으로 박수를 쳤고 덕삼은 말리지 않는 우리에게도 말했다.

"니들도 당장 여길 떠나, 이 병신들아. 니들이 저년 노비란 걸 몰라? 이런 지옥에 있느니 차라리 교도소를 들어가겠다. 거기 가면 일 안 하고도 세끼 밥 다 나와, 이 바보들아."

신차선녀가 덕삼의 다리를 붙들었다. 좀처럼 울지 않는 그 여자가 눈물을 보였다.

"덕삼아, 제발 옛날로 돌아가자. 일 하지 말고 그냥 여기서 내가 해주는 밥 먹고 지내. 노름만은 제발 하지 마. 우리 아버지도 노름으로 패가망신했어."

"옛날? 내가 널 좋아했다고? 웃기고 자빠졌어요. 옛날 얘기 한 번 잘했다."

덕삼이 신차선녀를 밀어버린 후 우리를 손가락으로 가리켰다.

"쟤들, 섭주 초등학교 동창 미현이네 애들 아냐? 이보세요, 하실옥 씨. 인간 최덕삼 입이고 팔다리고 자지고 전부 사기꾼 부속품이라서 교도소만 들락날락거리지만, 그래도 너같이 악독하진 않다. 나도 명색이 섭주가 고향인 사람인데 듣는 귀가 있다고. 그것도 잘 뚫려서 너에 관한 소문도 잘 들어온다고."

"돈! 빌려놓을게! 자정에 다시 와."

신차선녀가 꽥 소리쳤다. 그 서슬에 놀라 우리도 덕삼도 할 말을 잃었다. 덕삼은 움찔거린 게 부끄럽기나 한 듯 픽 웃었다.

"그렇게나 홍콩 보내줬으면 고마운 줄 알아야지. 나는 밤잠이 없는 사람이니 자정에 다시 올게, 실옥아. 만약 돈 못 구해놓으면 각오해라. 안 그래도 우리 동창 얘기로 입이 근질근질거리거든."

덕삼이 사라지고 나서도 신차선녀는 충격에서 헤어나오지 못한 것처럼 보였다. 당장 우리한테 화풀이가 떨어질까봐 긴장했지만 신차선녀의 음성은 침착했다.

"정환아, 신당에 상 좀 차려라."

* * *

　신차선녀는 불길이 이는 눈으로 신당에 들어가더니 미친 듯이 치성을 올렸다. 그녀가 좌라락 읊는 주문이 신음소리인지 외국어인지 다른 존재의 음성인지 알 수 없었다. 그 사이 형은 그녀의 심부름으로 살아있는 닭을 한 마리 사왔다.

　자정이 가까워올 무렵 신차선녀는 얼굴에 허옇게 화장을 하고 마당으로 나왔다. 동네에 인적은 끊겼고 야간열차가 철길 위를 달리는 소리만이 들려왔다. 형의 고개가 섭주에서 멀어지는 열차 쪽으로 돌아가자 신차선녀가 형의 멱살을 쥐었다. 형은 질질 끌려가다가 내동댕이쳐졌다. 줄에 묶인 닭이 깃털을 날리며 형과 함께 나뒹굴었다. 스무 살 청년이지만 비쩍 마른 형은 건장하고 팔팔한 선녀의 완력을 이겨내지 못했다.

　나는 그사이 신차선녀가 지시한 커다란 종이를 신당에서 꺼내왔다. 사람 키만 한 백지에 남자의 인체도가 그려진 종이였다. 선녀가 낫으로 닭을 죽였다. 목을 잃은 닭이 날개를 퍼덕거리며 피를 뿜었다. 선녀는 피를 기둥에 칠한 후 낫에도 발랐다. 무녀가 지시하자 형이 인체도가 그려진 종이를 기둥에 붙였다. 금세 종이 위로 닭 피가 배어나왔다. 덕삼의 점퍼가 기둥 못에 걸렸다. 형은

12개의 단도가 든 상자도 선녀의 뒤편에 갖다놓았다. 비쩍 마른 형은 상자보다 작아보였다.

자정이 되자 덕삼이 나타났다.

"마당에 뭐냐, 실옥아? 굿 하나? 돈은 준비했고?"

"네 이놈! 이 괘씸한 놈! 어디서 입을 함부로 놀리느냐!"

신차선녀가 남자 같은 굵다란 음성으로 대꾸했다. 덕삼은 신차선녀의 기세에 주춤거렸다. 허옇게 화장하고 볼에 붉은 점을 찍은 귀신같은 모습에 겁먹었을 수도 있다.

그것도 잠시, 미신 따위 안 믿는 덕삼은 곧바로 기세를 회복해 주먹을 내세우며 다가왔다. 나 역시 신이라 믿어 의심치 않은 덕삼이 저 악녀를 처치하기만을 바랐다. 그래서 새로운 인생이 펼쳐지길 바랐다. 덕삼이 고함쳤다.

"내 돈 어쨌어, 이년아? 내 돈 말야!"

"이제 네놈 혼백은 저승에 못 간다. 내가 반드시 그렇게 만들 것이야!"

"뭐 어째? 너 지금 나한테 살 날리는 거야?"

신차선녀가 바닥에 있던 단도를 들어 나무에 걸린 그림의 가슴께를 푹 찔렀다. 다가오던 덕삼이 입을 헉 벌리고 가슴에 손을 올렸다. 신차선녀는 두 번째로 단도를 들어 이번에는 그림 속의 머리를 찔렀다.

"아아악! 그만해!"

덕삼이 머리를 싸잡고 비명을 질렀다. 멈추지 않는 단도질에 그림 속 인체도는 팔, 다리, 허리, 어깨 등을 사정없이 난자당했다.

나는 속으로 외쳤다.

'당신이 신차대장군이잖아! 지금껏 악으로 물든 저 여자에게 고통을 준 덕삼대장군! 반격해! 이겨내란 말야!'

마지막 칼이 인체도의 생식기 위에 푹 박히자 몸을 꼬며 비명 지르던 덕삼이 갑자기 허공을 바라보며 말했다.

"누구야…. 지붕 위에 머리에 끈 묶은 저 사람…. 대체 누구야?"

"나의 몸주 신차대장군이시다!"

신차선녀의 한 마디와 함께 덕삼은 최후를 맞았다. 눈이 까뒤집힌 그는 피를 한 말이나 토하다가 축 늘어져버렸다.

나는 지붕을 보았지만 거기에는 아무도 없었다. 신차선녀는 그래도 분이 풀리지 않았는지 괴성을 지르며 덕삼의 시신을 부엌으로 끌고 갔다. 나는 극도의 공포에 사로잡혀 형을 끌어안았다. 형의 몸도 나처럼 덜덜 떨고 있었다. 덕삼은 무녀 신차선녀가 아닌 인간 하실옥에 의해 토막살인을 당해 죽었다.

"엄마…. 엄마…. 대체 언제 와…."

내 입에서 나도 모르게 나온 말이었다.

덕삼은 신이 아니었다. 인간이었다. 인간이었기에 거짓이 아닌 뼈아픈 진실을 형과 나에게 알려주고 신에게 죽은 것이었다.

* * *

어디서 구했는지 신차선녀가 헌 양복 한 벌을 형에게 강제로 입혔다. 형은 입지 않으려고 발버둥쳤지만 입을 수밖에 없었다. 부엌에는 커다란 분홍 보따리 두 개가 놓여있었다.

"반드시 다흥 저수지에 가서 버려야 해. 거기 음기가 인육을 가릴 수 있다고 장군님이 알려주셨거든. 저걸 먼저 버려야 덕삼이 나머지 몸도 뒷산에 묻을 수 있다. 걱정하지 마. 넌 안 잡혀. 장군님이 너를 보호해주실 거거든."

형은 안 간다고 완강히 버텼다. 신차선녀가 몽둥이로 형을 사정없이 때렸다. 사람을 죽일 수도 있을 타격이었다. 그래도 안 간다고 버텼다. 그러자 선녀는 몽둥이를 내게로 돌리더니 나를 구타하기 시작했다. 마침내 형은 가겠다고 했다. 선녀가 몽둥이를 거두었고 형은 그렇게 처음으로 섭주를 뜨게 되었다.

"만약 니가 안 돌아오면 다음엔 정욱이가 덕삼이 꼴 난다. 그러니 도망칠 생각은 안 하는 게 좋아."

내 마지막 그림이 된 〈이별〉의 진짜 스토리는 바로 이것이다. 꼬맹이로 묘사한 나와 신차선녀가 느티나무 아래에 섰고 떠나는 형이 보리밭을 걸어가는 그림. 그림의 숨은 의미는 도시에서 온 아들에게 먹을 걸 싸보내는 시골 어머니의 정성이 아니었다. 긴 세월에 걸쳐 남의 귀한 아이들을 학대하고 괴롭히고 고통을 줬던 악녀를 그림으로라도 남겨 잊고 싶지 않았던 것. 이게 바로 내 진심이었다. 사체유기를 지시해놓고 유기자의 동생을 인질로 잡은 희대의 악녀가 하실옥이란 여자였다.

하지만 〈이별〉에서 가장 리얼하게 묘사된 인물은 형이었다. 그날, 덕삼의 시신 조각이 든 보따리를 들고 절망적으로 보리밭을 가로지르던 형은 그림에서와 똑같이 하늘을 향해 구슬프게 울었다. 내가 처음이자 마지막으로 본 형의 통곡이었다. 형이 그토록 비통하게 울부짖은 이유는 뭘까. 엉망진창이 된 인생 때문이었을까? 차라리 죽고 싶어서였을까? 뒤에 남은 나 때문에 스스로 목숨을 끊기조차 어려운 현실 때문이었을까? 이 세상에 생지옥을 만들어놓고 대책없이 가버린 부모님이 원망스러워서였을까? 아니면 '이렇게 고통받고 있는데 왜 당신은 우리를 도와주지 않습니까' 하고 신을 원망한 걸까?

형이 멀어져 갈 때 느티나무 옆의 신차선녀는 손수건을 눈가에 대고 어깨까지 들썩거리며 웃었다. 도망칠까봐 한 손은 내 손을 꼭 잡은 채로. 그녀가 웃으며 던진 말이 아직도 귓가에 생생하다.

"미현아, 서울 남자하고 결혼해 잘 살 때가 좋았지? 니가 말한 개잡종이 니 두 아들 이렇게 내 자식처럼 잘 키우고 있으니 지하에서라도 올려다보렴. 5학년 4반 분단장 덕삼이도 니 곁으로 보내는 중이니 둘이서 알콩달콩 잘해봐."

형이 양손에 쥔 보따리가 무거워 보였다. 하늘거리는 보리 이삭 안으로 형의 모습이 사라져갔다. 애간장을 찢는 통곡 소리도 멀어져갔다. 죽은 사람이 이쪽 세상에서 저쪽 세상으로 건너가는 이미지였다. 그걸 보자니 다시는 형을 만나지 못할 것 같은 슬픔과 공포가 닥쳤다. 내 눈에도 눈물이 흘러내렸지만 그 와중에도 빛처럼 선명해지는 것이 있었다.

'엄마는 우릴 버리고 도망간 게 아니야! 우리 모르게 신차선녀에게 살해당한 거였어!'

컴컴한 시각이 되어서야 형이 돌아왔다. 섭주에서 40킬로미터나 떨어진 다홍까지 형은 걸어서 갔고, 일을 마친 후에야 버스를 타고 왔다. 하루종일 안절부절못하던 신차선녀는 형이 오니 안도

한 기색이었다.

"다른 사람 눈에 안 띄었지? 맞지?"

형이 간신히 고개를 끄덕였다. 신차선녀는 박수를 탁 쳤다.

"거봐라, 장군님이 경찰한테도 안 걸리게 해주신다니까. 섭주 바깥까지 장군님 손길이 뻗치는지 긴가민가했는데 다행이야. 근데 왜 벌레 씹은 표정을 하고 있어?"

손을 올리던 신차선녀가 그래도 오늘만은 참자 하며 손을 내렸다. 지친 형은 먼지와 얼룩투성이가 된 양복을 입은 채로 쓰러져 잠이 들었다.

* * *

모든 게 전처럼 돌아갔다. 아니, 전보다 나쁘게 돌아갔다. 신으로 믿던 덕삼이 죽고, 죽기 전의 덕삼이 신차대장군까지 직접 목격한 마당에 우리의 공포심은 훨씬 커졌다. 신차선녀는 옷, 신발 따위 우리의 물건을 갖고 있었고 언제든 덕삼과 같은 방식으로 형과 나를 죽일 수 있었다. 도망칠 생각은 꿈도 꿀 수 없었다. 이런 상황을 잘 아는 그녀는 한층 고압적인 모습을 보였고 더 강도 높은 매질과 학대를 자행했다. 벌어오는 게 적다고 신경질을 부려 형과 나는 추운 겨울 더운 여름에도 밖에 나가 오로지 돈을 벌어야만 했다. 밀레니엄이라는 말이 오가고 모두가 휴대전화기를 가지고 다니는 시대가 왔지만 나와 형은 시대에 적응하지 못한 채 나락에서 헤어나오질 못했다.

어느 누구라도 살아온 동네를 걷다보면 말은 안 해도 안면이 있는 사람들이 있고, 말은 안 해도 그들이 어떤 시선으로 쳐다보는지를 경험해본 적이 있을 것이다. 형과 나를 보는 사람들의 시선이 안타까움인지 못마땅함인지 안쓰러움인지 경멸인지 모르겠다. 분명한 건 우리를 아는 그 사람들이 절대로 우리와는 말을 섞지 않으려 했다는 것이다. 건달들조차 우리를 피했으니 그 모든 것은 신차선녀의 무서운 소문과 관련이 있을 터였다. 신차선녀는 나이를 먹어서도 강력했지만 형과 나는 나이를 먹을수록 무력해졌다.

한층 실망이었던 건 학대가 계속될수록 형이 신차선녀에게 효도를 보이기 시작했다는 점이다. 완전히 자포자기의 백기를 든 모습이었다. 학대와 매질이 줄지도 않았는데 형은 아양을 떨 듯 신차선녀의 마음에 들 짓만 했다. 쉬지 않고 일을 했고 좀 쉬라고 해도 어머니를 위해 돈을 벌러 나가겠다며 선녀를 감동시켰다. 형이 얄밉게 보인 게 그때가 처음이었다.

하지만 그런 행동들이 형의 작전임을 깨닫게 된 건 얼마 지나지 않아서였다. 신차선녀가 언제부턴가 우리를 믿고 경계심을 풀었으니까.

겨울이 다가오는 추운 날씨였다. 우리는 섭주 기차역 인근으로 빈 병과 폐지를 주우러 돌아다녔다. 사람들은 앞만 보고 걸었고 아무도 우리에게 관심을 갖지 않았다. 갑자기 형이 내 팔을 잡고 공중전화부스로 데려갔다.

"잘 들어, 정욱아. 우린 고아가 아냐. 우리한텐 친척들이 있어. 그것도 많이. 하지만 신차선녀가 우리 가족이랑 관련된 물건을 다 태워버려서 전화번호를 몰라. 근데 내가 며칠 전 그 여자 방을 청소하다가 엄마가 쓰던 것 같은 수첩을 하나 발견했어. '수원 고모'라는 전화번호가 적혀 있었어. 수원에 아버지 동생이 사는 건 사실이야. 이제 내가 전화 걸어볼게."

형이 공중전화에 동전을 넣었다. 희망을 가리키는 손가락이 숫자를 하나하나 눌렀다. 좁은 부스 안에 들어선 형의 모습이 지금도 선하다. 귀 하나가 찌그러지고 불안이 터를 잡은 슬픈 얼굴의 형은 약간 구부정하게 선 채 수화기를 두 손으로 잡았다. 절박한 사람은 전화기도 두 손으로 잡는다는 걸 그 후 나는 삶의 여러 장소에서 보아왔다.

세 번쯤 신호가 가자 어떤 여자의 목소리가 수화기 너머에서 들려왔다.

　– 여보세요?

　늘 굳어있던 형의 얼굴이 온갖 소용돌이치는 감정의 동요로 시시각각 변화했다. 웃는 듯 우는 듯 찡그리는 듯 슬퍼하는 듯…. 그러나 형은 말을 하지 않았다. 까지고 튼 두 손은 오직 그것만이 희망이라는 듯 전화기를 꼭 붙들고 있었다.

　– 여보세요?

　목구멍에서 끅끅거리는 소리만 나왔다. 형은 끝내 대답을 하지 못했다.

　– 여보세요? 말씀하세요.

　형의 귀에서 수화기가 떨어졌다. 형은 소리도 나지 않게 천천히 수화기를 내려놓았다. "여보세…" 하던 음성이 뚝 끊기면서 사라졌다. 불치병을 선고받은 사람처럼 형은 허탈한 표정을 지었다.

　"고모가 틀림없어. 분명 우리들의 고모야. 그런데… 정욱아. 이건 결국 우리가 견뎌야 할 일이야. 이런 모습으로 조카라고 찾아갈 수도 없고, 한 번도 연락 없던 친척을 그 무서운 여자하고 엮을 수는 없어. 저주는 나 하나면 족해. 그 여자는 우리와 가까운 사람까지도 없애버릴 수 있어."

　"나 하나면 족하다니? 우리 둘이면 족한 거지."

형의 진심을 알아차린 내가 답했다. 나 역시 아무것도 모르는 생면부지 친척에게 삶을 파괴할 수도 있을 짐을 지우기 싫었다. 그냥 이렇게 살다 죽을 거란 생각에 차라리 맘이 편해졌다.

형이 내 손을 잡고 대합실로 들어갔다. 표 파는 곳에서 청량리 가는 열차가 언제 있냐고 물은 형은 30분 뒤에 떠나는 기차표를 한 장 샀다. 내가 어리둥절해하는 사이 형은 과자와 음료수를 사고 가방에서 스케치북과 꼬깃꼬깃 접은 지폐들을 꺼내 내 손에 쥐여주었다. 20만 원이나 되는 돈이었다.

"그 여자 모르게 모아놓은 돈이다."

"이걸 왜 나한테 줘?"

"너는 이제 서울로 가야 해. 거기서 너 혼자 살아야 해."

"서울은 왜?"

"저 여자한테서 벗어나야 하니까. 거기 가거든 아무도 찾지 마. 반드시 너 혼자서 일어서야 해. 두 번 다시 섭주로 돌아와서도 안돼."

"왜 이러는 거야, 형?"

"여기 있다간 니가 먼저 죽고 그다음에 내가 죽을 거야. 내가 덕삼이 아저씨 시신을 버리러 갔을 때 그 여자가 입힌 양복을 보자마자 대번에 알았어. 아버지가 입던 옷이란 걸. 다섯 살 때였지만 생생히 기억 나. 명절이라고 입은 아버지의 양복. 벌초한다고 옷을 갈아입으셨지. 낫 자국이 있었어. 어떻게 손에 넣었는지 몰라도 그 옷에 낫을 찔러 아버지를 죽인 게 바로 그 여자야. 엄마가 도망갔다는 말도 거짓말이야. 엄마도 그 여자가 죽였어."

"나도 그럴 거라 생각했어. 경찰에 신고하면 안 돼?"

"그럴 생각도 해봤지만 증거가 부족해. 경찰은 우리처럼 더럽고 거지 같은 애들 말은 믿지도 않아. 그 여자도 그걸 알기 때문에 거지처럼 행세하는 거야. 나는 덕삼이 아저씨 시신을 버리러 다홍에 가지 않았어. 섭주 석하촌의 난정호수에 버렸어."

"왜?"

"눈에 띄는 옷에, 눈에 띄는 분홍 보따리였어. 다홍까지 가면 붙잡히고도 남지. 저 여자는 장군이 도와준다고 철석같이 믿지만 난 알아. 신차대장군의 힘은 섭주 안에서만 영험해. 섭주 바깥까지는 장군의 힘이 뻗질 않아."

"그래 맞아…. 누굴 죽여달라고 찾아온 사람은 하나같이 죽을 사람이 섭주에 들를 때만 일을 꾸몄지."

"바로 그거야. 우리가 섭주에 있는 이상 신차선녀는 장군을 불러 우릴 죽일 수 있다는 거야. 그러니까 넌 여기서 멀리 떠나야 해."

"그럼 같이 가. 우리 같이 도망쳐."

"안 돼. 우리가 같이 가면 함께 죽는다. 저 여자는 수단방법을 가리지 않고 우릴 찾으려 할 거야. 너만 여기서 도망쳐야 해. 나라도 남아있어야 저 여자가 널 해코지 못 해."

"그러니까 같이 가잔 말야! 같이 죽어도 좋으니 여길 같이 떠버리자고!"

"난 여기 남아 저 여자가 죽는 걸 확인한 후 그때 널 찾을 거야. 다른 생각말고 서울 바닥에서 살아남을 궁리만 해. 공장에 들어가든 노숙을 하든… 아직 넌 어리니까 아주 어려운 일이 되겠지만 그래도 여기보단 나아. 서울은 못 가진 사람이 살기 어려운 곳이지만 기회도 있는 곳이라고 들었어."

"싫어. 나 혼잔 안 가."

"회장이란 인간이 저 여자한테 하던 말 기억 안 나? 도와줄 일 있음 언제든 연락하라고. 저 여자가 우리 둘을 찾아달라고 하면 우린 당장 잡혀."

"형이 혼자 남는다고 날 안 찾을 거 같아?"

"내가 안 찾게 만들 거야. 다 생각이 있으니 염려 마."

"형 혼자 남으면 지금보다 훨씬 맞고 지낼 텐데?"

"하나도 안 아파."

"형이 왜 안 가려는지 알아. 저 여잘 죽이려는 거지?"

"아무것도 묻지 마! 차 시간 다 돼가. 하나만 약속해. 여길 떠나면 절대 뒤돌아보지 마. 내가 널 찾을 때까지. 알았어? 정신 차리고 꼭 살아남아야 해! 니가 살아있는 한 반드시 내가 찾고 만다. 두 번 다시 여길 오지 말고, 어디에서라도 꼭 살아남아. 그게 아버지 어머니의 뜻이야."

"…"

"여기 섭주에 사는 사람들, 마음은 하난데 귀는 셋이다. 하나는 듣는 귀, 하나는 못 듣는 귀, 하나는 안 듣는 귀야. 실제로 진실을 듣지 못하는 사람도 있지만, 누군가는 진실을 듣고 있으면서도 안 듣는 척하고 있어. 그래서 우리 형제를 돕지 않는 거야. 우리 스스로 해결해야 해. 너도 마찬가지야. 여길 떠나면 이곳에 관한 어떤 소식도 듣지 마. 들려와도 안 듣는 척, 못 듣는 척해. 내가 약속한다. 저 여자가 없어지면 내가 널 찾아나설 거야. 그때까진 전화도 하지 말고 이곳을 지나가지도 마."

눈물이 비처럼 쏟아졌다. 기적 소리가 들려오고 기차가 멀리서부터 모습을 드러냈다. 탈출과 이별을 제안하며 정차한 기차는 단 1분의 기회만을 주었다. 망설일 새도 없이 나는 형에게 떠밀려 타고 말았다. 승객들이 더럽고 냄새나는 나를 보고 인상을 찡그렸다. 아무것도 모르는, 혹은 다 안다는 기차는 형을 섭주에 남겨두고 인정사정없이 출발했다.

형이 서서히 멀어져 갔다. 나는 형의 모습을 놓치지 않기 위해 2호차에서 3호차로, 4호차에서 5호차로 창가를 달렸다. 승객들이 욕을 하고 투덜거렸다. 형이 손가락으로 섭주의 땅을 가리킨 후 양팔로 X자를 그렸다. 절대로 돌아와선 안 된다는 다짐이었다. 기차에 속력이 붙고 형의 모습도 금세 작아졌다. 내가 평생을 살아온 섭주도 사라지고, 우리가 살았던 철길 옆 빈민가도 사라졌다. 만卍자가 새겨진 신차선녀의 붉은 깃발집도 순식간에 휙 지나갔다. 그 모든 것이 나를 붙잡지 않았고 보냈다. 이렇게도 쉽게 도망칠 방법을 왜 몰랐냐는 듯이.

하지만 내 시선은 이제는 점만큼 작아진 형에게만 몰려 있었다.

* * *

그 후 내가 서울에서 맞게 된 성공은 간략하게만 소개하겠다. 나는 섭주를 떠나 서울로 갔고 노숙자가 되었다. 뭘 해야 할지, 어디로 가야 할지 몰랐다. 배가 고프면 빵을 사 먹고 잠이 오면 길에서 잤다. 여기 무슨 일로 왔냐고, 일할 생각 있냐고 접근하는 사람들이 있었다. 신차대장군이 없으니 그들을 믿을 수 없었다. 서울은 사람이 더 무서운 곳이었다. 모르는 사람을 만날 때마다 나는 무조건 도망부터 치고 보았다.

한번은 깊은 밤 노숙자들이 한꺼번에 몰려와 집단폭행을 했다. 짐과 스케치북이 날아갔지만 형이 준 돈을 뺏길 수 없어 한 명의 다리를 잡고 버텼다. 그러자 기적처럼 노숙자들이 저절로 물러나더니 검은색 옷을 입은 사람이 나타나 스케치북을 돌려주었다.

"그림 실력이 좋구나. 아직 앳된 나이인데 왜 이런 무속 탱화만 스케치했지?"

내가 대답하지 않자 그는 일어나 아직도 내 돈을 노리는 노숙자들을 향해 왜 서로 돕고 살지 않느냐고 야단을 쳤다. 노숙자들이 "예, 신부님" 하며 순한 양처럼 물러났다. 그제서야 섭주에도 있었던 성당의 신부가 기억났다. 입은 옷이 똑같았다. 섭주의 신부는 우리 형제에게 몰래 빵과 우유를 준 적은 있었으나 말을 건 적은 없었다. 같은 '신' 자가 있는 사람이었어도 신부 역시 신차선녀를 무서워했던 것이다.

나는 운명이라 믿고 내게 말을 건 서울의 신부를 따라갔다. 신부가 돌아보며 따라오지 말라고 했다.

"갈 곳이 없습니다. 제발 살려주십시오."

"말을 할 줄 아는구나."

밀고 당기는 사정사정 끝에 인연이 시작되었다. 이름을 밝힐 순 없으나 내가 이 신부님을 만난 건 행운이었다. 한사코 거부하던 그가 결국 나를 받아주었기 때문이다. 나는 그에게 내가 나고 자라오며 겪은 모든 이야기를 들려주었다. 그는 진지하게 내 얘길 들었지만 믿는지 안 믿는지는 알 수 없었다. 어쨌든 나의 긴 이야기가 그를 움직인 건 분명했다.

"음…. 섭주라… 무서운 무당이라…."

신부님은 인근 성당에 나를 묵게 하다가 사회보호시설이나 경찰에게 보내는 대신 종이가방과 단추 따위를 만드는 공장에 보내주었다. 나는 이 공장에서 일을 배웠고 글을 배웠고 세상을 배웠다. 언젠가 형을 만나겠다는 마음 하나로 이를 악물고 버텼다.

사악한 무당에게 가스라이팅 당한 어둠의 도시가 사라지고 조금만 방심하면 사람에게 당하는 거대한 도시가 나를 바꾸었다. 그러나 문신처럼 남은 과거는 지울 수 없었다. 형은 지금도 당하고 있는데 나는 피했다는 생각에 술이 없으면 잠을 잘 수 없었다. 그래도 섭주로 내려갈 순 없었기에 휴일이 괴로웠고, 특히 명절이 괴로웠다. 쉬는 날이면 청계천에 나가 그림을 그렸다. 거리의 풍경도 그렸지만 여전히 장군을 그렸고 형을 그리기도 했다.

어느 날 신부님이 미술계의 거물인 조창화 화백을 데려왔다. 나는 그가 누군지 몰랐으나 미술계의 대 화백으로, 고향이 섭주였다. 그 유명한 붕평마을 칠정자를 직접 디자인한 장본인이었다. 그는 천주교 신자였고 신부님과도 안면이 있었다.

조창화 화백은 내 스케치를 세심히 보더니 나의 과거 이야기를 경청했고, 나를 미술학원에 보내주었다. 그후로부터 지금까지가 30년 넘게 내가 닦아온 약간의 성공담이다. 사람들은 나를 풍경화의 달인으로 알고 있지만 사실 나는 형이 생각나 그림을 그려왔을 뿐이다. 이제는 이 세상 사람이 아닌 조창화 화백만이 이 사실을 충분히 이해하는 것 같았다. 형이 말했던 듣는 귀, 안 듣는 귀, 못 듣는 귀 이야기를 조 화백도 했으니까.

"아마 자네 형은 진심이었을 거야. 그 진심을 외면하면 안 돼. 섭주로 돌아가지 마. 세상에 그런 일이 어딨냐는 소리가 통하지 않는 곳이 섭주야. 나 역시 붕평마을을 설계하고 그렸을 때 정말 기이한 일을 많이 겪었어. 그후로 두 번 다시 그곳을 찾지 않았지. 원래 섭주라는 데가 기억해야 할 장소가 아니라 잊어야만 할 장소거든. 형이 말한 듣는 귀, 못 듣는 귀, 안 듣는 귀. 자넨 그 뜻을 아나? 두려움의 마을 섭주懾州의 '두려워할 섭懾'이 바로 그거야. 마음忄은 하난데 귀耳는 셋이나 되지. 형의 마음은 셋이 아니야. 무녀를 위한 것도 아닌, 자신을 위한 것도 아닌, 오직 자네를 위한 마음 하나지.

섭주에서 오는 소문은 자네 귀로도 흘러들어 오겠지. 자네는 형이 생각나 일부러 그쪽을 향해 귀를 돌리겠지. 들려오더라도 어떤 것은 안 듣는 척, 어떤 것은 못 듣는 척해야 해. 자네가 나서지도 말고 사람을 보내지도 마.

형이 자네를 찾을 날이 있을 거야. 그때까지는 잊고 살아. 지금의 위치에서 건강히 잘 살아가는 것만이 형을 위한 길이야."

* * *

나는 섭주로 돌아가지 않았다. 내 귀를 의도적으로 안 듣는 귀로 만든 뒤 섭주에서 날아오는 소식을 차단했다. 그럴수록 한쪽 귀가 불구가 된 형이 떠올랐다. 나의 그림을 알아보는 사람들이 생기고 그 수익으로 서울에서 기반을 닦을 때도 내게 떠오른 건 형이었다. 돈을 벌고 명예를 얻었지만 풍족함 가운데 있어도 추위를 느꼈고, 산해진미가 몰려와도 형의 비쩍 마른 얼굴만이 떠올랐다. 모두가 웃지만 나는 울었고 모두가 잠자리에 들 시간에 나는 잠을 이루지 못했다. 이 글을 읽을지도 모를 정나영 기자는 한때 내게 물었다.

"선생님 풍경화는 참 전원적인데, 선생님은 표정이 없어요. 통 웃질 않으세요. 잃어버린 고향이 그렇게 아쉬운 건가요?"

여기서 대답하고 싶다. 섭주는 내 모든 가족이 죽거나 고통받은 곳이다. 그래서 거긴 내 고향故鄕인 동시에 고향苦鄕이다. 형을 지옥 속에 남겨두고 떠나온 시간이 40년이다. 형이 아직 거기 있을 텐데 가보지도 못하는 상황에 웃질 못하는 것은 당연하다.

어느 날 나는 형의 꿈을 꾸었다. 신차장군의 신당에 갇힌 형이 누군가에게 전화를 하는 꿈이었다.

사면 벽의 장군이 팔을 뻗치며 형을 압박해왔고 형은 점점 등이 굽어졌다. 두 손으로 전화기를 꼭 붙든 모습이 귀가 아파 누군가 에게 통증을 호소하는 것처럼 보였다.

아파서 그러니 병원에 데려다 달라고….

괴로워서 그러니 진통제를 좀 달라고….

갑자기 배경이 바뀌었다. 덕삼의 시신 조각이 든 보따리를 쥔 형이 나타났다. 내가 불러도 돌아보지 않는 뒷모습의 형이 보리밭 안으로 천천히 사라졌다. 나는 형을 부르다 잠에서 깼다.

형이 죽은 걸까? 그토록 혹독한 학대에 부실한 영양으로 몸이 아플 나이도 되었는데, 병원이라도 제대로 다닐까?

그 순간 나는 죽음도 두렵지 않은 마당에 왜 그동안 형을 만나러 가지 않았나 하는 생각이 들었다. 부와 명예, 그건 내가 미련 가질 대상이 아니었다. 인생의 절반 이상을 살았는데 무엇이 무서워 삶에 집착을 할까? 왜 내 의지에 충실하지 않고 남의 충고에만 의지했을까?

이미 타계한 조창화 화백의 말도 잊은 채 나는 섭주행 열차에 올랐다.

40년 만에 남쪽으로 내려가는 여행이었다. 눈에 익숙한 섭주역이 가까워질 때 나는 오랜 시간 잊고 있던 본능적인 무서움을 느꼈다. 발전이 없는 도시. 군데군데 개발된 현대화 속에 여전히 미신이 생명을 얻어 숨 쉬는 곳. 40년 전이나 지금이나 똑같은 공허함의 광경. 그것은 죽음을 연상시키는 장소였다. 내가 나고 자란 철길 옆 빈민가는 그대로였고 신차선녀의 쓰러져 가는 1980년대식 한옥도, 지붕 위의 깃발도 그대로였다. 묘한 설레임과 격렬한 긴장이 교차했다.

그러나 기차가 역에 도착하려고 서행할 때 나는 충격적인 광경부터 접해야 했다. 집 앞, 뒷산으로 통하는 익숙한 언덕을 리어카를 끌면서 올라가는 남자가 보였기 때문이다. 다 떨어진 군용 야전상의에 머리마저 벗겨진 그 남자는 분명 40년 전 나를 서울로 탈출시킨 형이었다. 리어카 안에는 그 옛날처럼 장구와 북 따위 무구가 수북이 쌓여 있었다. 늙어 등이 구부정한 형의 노동을 도와줄 이는 그 옛날처럼 아무도 없었다. 형은 살아있었지만 죽은 인간이기도 했다. 체념의 기운이, 원래부터 존재하지 않았던 미래에 현재마저 점점 깎아먹고 있는 절망의 기운이 형이라는 한 가엾은 피조물을 이루고 있었다. 그리고 그 앞에서 허리가 굽긴 했지만 지팡이를 짚고 척척 걸어가는 노파는 분명 신차선녀였다. 형은 아직도 신차선녀가 부리는 코뚜레 걸린 가축이었다. 나보다 먼저 수태受胎가 된 이유 하나로 우리 가문의 저주를 몽땅 짊어지고, 지옥 속에 스스로 남아 오늘날까지 내가 아무 흉사도 당하지 않도록 액막이 인생을 자청한 사람이었다.

나는 내릴 수 없었다. 창문에 팔과 얼굴을 붙인 채 오열할 수밖에 없었다. 형이 가엾지만 그 앞의 신차선녀를 본 순간 도저히 내릴 수가 없었다. 기차가 다시 출발했고 내가 지켜보는 줄도 모르는 신차선녀와 형은 멀어져 갔다.

그때 형이 옆을 돌아보았다. 아마 40년 동안 서울에서 내려오는 기차만 지나가면 저렇게 본능적으로 쳐다봤으리라. 나를 발견한 형의 얼굴에 얼음이 깨지면서 녹아 흐르는 꿈틀거림이 있었다. 리어카를 멈춘 채 형은 입을 떡 벌리고 나를 보았다. 죽은 인간이 살아있는 인간으로 바뀌었다. 형은 신차선녀가 앞을 향하고 있음을 확인한 뒤 나를 향해 양팔로 X자를 그렸다. 신차선녀가 뭐라 야단치며 돌아서자 형이 다급히 손을 내리고 시선도 외면했다. 기차가 섭주역을 완전히 벗어났을 때 나는 털썩 주저앉았다. 마음씨 착한 젊은이들이 다가와 어디 편찮으시냐고 물었다. 나는 아무 말도 할 수 없었다.

* * *

어쨌거나 형이 살아있음이 분명하니 구출해오는 것만이 당장 해야 할 일이었다. 나는 인맥을 동원해 믿을만한 흥신소 직원 하나를 소개받았다. 반신반의하는 그 남자에게 섭주 신차선녀의 무서운 힘을 알려준 후, 몰래 형을 찾아 형만 허락한다면 내가 서울로 데려오겠다는 내용을 전하되 반드시 혼자 있을 때 알려줘야 한다고 거듭 강조했다. 흥신소 직원은 수수료를 많이 주니 최선을 다하겠다며 섭주로 떠났다.

접선이 어려웠는지 일주일 만에 연락이 왔다. 흥신소 직원은 그 할머니가 잠시도 형님 곁을 떠나지 않아 시간이 걸렸다고 했다. 형님이 고물 줍는 일을 하시는데 지금 집하장에 계시니 전화를 바꿔주겠다고 했다.

40년만의 대화라 말이 잘 나오지 않았다. 인생의 개화기와 절정기를 노예 신세로 보낸 형의 음성이 수화기 너머로 들려왔다. 지친 음성이었지만 형은 귀가 잘 안들리는지 목청을 높였다.

"정욱이구나. 이게 얼마만이냐…. 나도 기차에 탄 너를 알아봤다. 네가 내리는 건 아닌지 조마조마했단다…. 니가 성공했다니 너무 기쁘구나. 내 걱정은 마라. 넌 여길 오면 안 돼. 내가 죽을 때까지 모신다는 조건으로 그 여자가 널 해치지 않겠다고 약속했으니까. 옛날에도 그랬고 지금도 그렇지만 나는 괜찮다…. 언제나 괜찮았다…. 나는 괜찮으니 너는 잘 살고 절대로 섭주로 내려올 생각일랑 말아라. 그 여자는 치매기가 있긴 하지만 아직도 귀신을 부린단다…. 무서운 여자지만 오래 못 살 것 같으니 희망이 있다. 매일 지는 것도 해지만 매일 뜨는 것도 해다. 순리대로 놔두면 다 알아서 되는 법이다. 죽으면 내가 연락할 테니 형 말 명심하고 절대 여길 오지 마라. 알았지?"

전화를 끊자 흥신소 직원이 형의 모습을 사진 찍어서 전송했다. 60대가 아닌 80대로 보일 만큼 형은 늙고 지쳐 보였다.

서울로 돌아온 흥신소 직원이 형과 만났던 일을 알려주었다.

"영상통화로 걸려고 했는데 잘 듣질 못하셨습니다. 휴대폰도 처음 사용하시는 것 같던데요…."

이어서 알려준 말에 나는 솟구치는 눈물을 참을 수 없었다.

"형님이란 분, 휴대폰을 두 손으로 잡았습니다. 시선은 서울 쪽 하늘로 두면서요."

* * *

형을 보고 싶다는 마음이 커져갈수록 형을 구해 서울로 데려오고 싶은 마음도 커졌다. 하지만 형이 완강히 거절한 마당에 내가 직접 나타나 형을 곤란하게 만들고 싶지 않았다. 서두르면 일은 망치는 법이다. 흥신소 직원을 통해 형을 조금씩 설득할 생각이었다. 직접 형을 만났던 흥신소 직원도 흔쾌히 응낙했다. 내가 지급할 보수 때문이 아니었다. 노예나 다름없는 형을 직접 만나고 지난 이야기까지 듣자 얼음 같던 그의 가슴도 녹아내렸던 것이다.

"최선을 다해보겠습니다. 저도 형님이 한 분 계셨는데 지병으로 돌아가셨습니다. 시간이 걸려도 반드시 이리로 모셔오도록 설득하겠습니다."

며칠 후 나는 영양제와 홍삼 따위가 든 가방을 그 직원 편으로 보냈다.

흥신소 직원은 바로 섭주로 내려갔지만 한참 동안이나 연락이 닿질 않았다. 이 걱정 저 고민으로 머리가 혼란스럽던 나는 어느 날 간신히 든 선잠에서 또 형이 등장하는 꿈을 꾸었다. 중년이 된 형이 어린아이처럼 손등으로 눈을 비비며 우는 꿈이었다. 왜 우냐고 물으니 오줌을 쌌다고 했다. 과연 형의 바지는 젖어 있었는데 가만히 보니 위아래 옷이 다 젖은 상태였다.

"괜찮아 형. 뭐 그런 일로 울고 그래?"

형은 아이처럼 더 크게 울며 손등으로 눈을 비벼댔다. 눈물이 수도꼭지처럼 쏟아졌다.

"그러지 마. 손으로 문지르면 세균 감염돼."

형이 등을 돌려 걸어갔다. 걸어가는 사이 오줌인지 물인지가 몸에서 계속 흘렀다. 나는 형을 부르며 달려갔다. 처량한 모습으로 걸어가는 형을 아무리 달려도 따라잡을 수가 없었다.

"거기 서, 형!" 하고 소리치다가 전화벨 소리에 깨어났다. 흥신소 직원이었다.

"어떻게 비보를 전해드려야 할지…. 형님께서 돌아가셨습니다."

"돌아가시다뇨?"

"물에 빠져서 돌아가셨답니다…."

그가 뭐라고 말했지만 아무 소리도 들리지 않았다.

※ ※ ※

    신차선녀는 내가 흥신소 직원을 보낸 걸 알고 있었고, 그 직원이 형과 몰래 만난 것도 알고 있었다. 그래서 형을 협박했다고 한다.

    "당장 정욱이에게 전화해 10억 원을 부치라고 해. 그러지 않으면 신차대장군을 그 아이에게 보낼 테야. 아니, 회장님한테 전화할까?"

    형은 물었다고 한다.

    "지난 세월 동안 돈을 쓸 줄도 모르고 모으지도 못했으면서 대체 왜 그리도 돈에 집착하고 아이를 괴롭히려 합니까. 어떻게 보면 당신의 자식이 아닙니까?"

    "내가 왜 니들 어미야? 니들 어미는 내 돈 들고 도망쳤는데."

    이 말과 함께 신차선녀는 쇠 촛대를 들어 형의 머리를 때렸다고 한다.

    "고물상 주인이 알려줬습니다. 형님이 고물상에 가려고 손수레를 끌고 그 뒤를 평소처럼 신차선녀가 따라붙었다고요. 다리를 건너야 하는 곳이 있는데, 갑자기 형님이 손수레를 놓고 신차선녀를 꽉 붙잡았다고 하네요. 지옥에도 같이 가자고 소리치면서 그 할머니를 번쩍 들어 다리 아래로 함께 몸을 날렸답니다.

제가 그곳에 가봤는데 꽤 높은 곳이었고 인적도 드물었어요. 형님이 일부러 선택하신 장소 같았습니다. 문제는 그 아래 낚싯꾼이 하나 있었다는 거였어요. 119에 신고를 해서 구급대원들과 경찰들이 출동했대요.

그 할멈은 얼마나 명이 긴지 거기서도 살아나왔어요. 무슨 귀신이 돕는지 몸이 가라앉지 않고 저절로 뜨더라나요…. 그런데 형님은 그만 돌아오시지 못한 겁니다. 잠수부들이 간신히 발견해 영안실로 옮기고 보니 심각한 영양실조 상태였다고 합니다. 고물상 주인은 죽어야 할 인간이 안 죽고 살아야 할 사람이 죽은 딱한 일이라고 하더군요."

아마도 형은 날 위해서 그랬을 것이다. 목이 아파왔다. 목구멍에 복숭아 씨앗 같은 게 걸려 아무리 삼키려 해도 내려가지 않았다.

"시신은 어떻게 됐나요?"

"이웃들이 도와줘 장례를 치르고 화장을 했답니다."

"신차선녀는요? 상주 노릇을 했답니까?"

"그 할멈은 아무것도 하지 않았고 장례식에도 안 왔답니다."

"형님을 위해 울어준 사람이 있었을까요?"

"그것도 알아봤었는데… 아무도… 없었답니다."

나는 곡을 하고 오열을 했다. 형과 230킬로미터나 떨어진 서울에서. 단 한 번만이라도 형을 보고 싶었으나 이미 형은 섭주의 하늘과 땅 사이를 부유하는 한 줌의 가루가 되어 있었다.

살아서도 그랬지만 형은 죽어서도 섭주를 벗어나지 못했다. 사람인지 귀신인지 모를 미친 여자 때문에!

* * *

죽여버리겠다!

반드시 죽여버리겠다!

나는 정신 나간 사람처럼 이 말을 하며 거리를 돌아다녔다. 이웃들이 나를 피했고 이상한 사람처럼 쳐다보았다. 아무도 모른다. 아무도 모른다. 아무도 모르는 일이 우리 형제에게 일어났었다. 정의는 없다. 하지만 귀신은 끝내 살아있다. 형을 위해 울어준 사람이 있었습니까. 아무도 없었답니다…. 형이 무거운 짐을 등에 메고 허덕일 때 도와준 사람이 있었습니까. 아무도 없었답니다….

죽여버리겠다!

반드시 죽여버리겠다!

나는 강남에서 가장 유명한 무속인을 찾아 저주와 방자술을 견딜 수 있는 액막이 부적을 써달라고 했다. 무속인은 이런 일은 흔치 않다며 망설였지만 내 표정에서 어떤 진실함을 보았는지 결국 부적을 그려주었다.

"부디 한번 더 잘 생각해보세요. 부적이 나쁜 일을 막아준다는 건 사실 마음이 그렇게 믿고 싶을 뿐인 건지도 모르거든요."

이제 그만 펜을 놓으련다. 이제 나는 인생을, 내 가족을, 우리들의 빛을 앗아간 악마를 처단하러 간다. 내가 죽어도 상관없다. 더 이상 잃을 것도 없고, 삶의 희망 역시 찾을 수 없기 때문이다. 왜 찾아가는 데 40년이나 걸렸는지 오직 그게 한스러울 뿐이다.

(비망록의 뒤에는 급하게 쓴 것 같은 덧글이 있었다)

"정나영 선생님. 우리 집은 역 근처의 슬럼가에 있었습니다. 지난달 나는 섭주역에 맞추어 서행하는 기차를 타고 있었습니다. 그때 형을 보았습니다. 형은 무구인지 고물인지 모를 물건을 실은 리어카를 끌고 있었습니다. 얼굴을 가린 어둠 때문에 햇빛을 쬘 기회조차 박탈당한 모습이었습니다. 그리고 그 앞에는 이젠 나이 먹어 언제 이동용 보조기구를 의지할지 모를 노인이 있었습니다.

바로 그 신차선녀였습니다. 그 여자는 아직도 형을 괴롭히고 있었습니다.

그런데 나는 내릴 수 없었습니다. 그 무녀를 보자마자 힘이 풀린 내 다리가 섭주에 내리길 거부했기 때문입니다. 그때 내렸어야만 했습니다. 그게 형과의 마지막이 될 줄 몰랐으니까요. 내가 돌아오지 못하면 그 여자 때문에 죽은 걸 알아주십시오. 그래서 내가 당한 일을 많이 많이 소문내 주십시오. 책으로 엮어도 좋고 거기서 수입이 나온다면 모두 가지셔도 좋습니다. 그 여자의 처단, 이것만이 내가 원하는 소원입니다."

4

정나영이 비망록을 다 읽었을 때는 어느덧 비도 그치고 새벽이 다가오고 있었다. 깊은 한숨을 토해낸 그녀는 냉장고를 열어 독한 양주를 비웠다. 이 믿지 못할 이야기에 영혼의 일부가 흔들렸다. 그러나 이정욱을 위해 모험을 걸 자신은 없었다. 믿지 못할 이야기였지만 이상하게 믿음이 갔으니까.

이정욱 화백은 왜 섭주역에서 시신으로 발견된 걸까? 신차대장군에게 당해서? 이제는 노인이 되었다던 그 무녀의 짓인 걸까? 아니면 약한 몸으로 감당 못 할 너무나도 큰 분노가 그 여자를 만나기도 전에 그를 쓰러트린 건 아닐까?

"이런 생각에 너무 깊이 빠지면 불행을 몰고 올 수도 있어. 세상엔 결코 알아서는 안 될 이야기도 있는 법이지."

그녀는 더 이상 이정욱에 관해, 그의 죽음에 관해 알고자 하는 마음을 접었다.

다음 날 출근한 정나영은 이정욱에게 미안한 마음을 감추지 못한 채 비망록을 파쇄기에 갈아버렸다. 영화로 만들어지고 소설로 출간되어 억만금의 가능성이 있는 비망록이라도 살이 낀 물건은 없애버리는 게 맞다. 이것이 점을 치고 운수를 보고 굿도 믿는 정나영의 결론이었다. 파쇄기에 갈려지는 종이들이 화장 후 유골함에 담기는 형제들의 뼛가루 같았다. 마음속으로 명복을 빌고 마지막 종이 하나까지 없어지자 그녀는 아무도 없는 옥상에서 준비해 온 팥과 소금을 스스로에게 뿌렸다.

에필로그

섭주역 주변의 번화가와 정반대편에 붙어있는 동네이자 대표적인 슬럼가인 균동로 사람들은 새벽에 들려오는 비명을 들었다. 물에 빠졌다가 구조된 후 병원 이송도 거부하며 신당 안에만 틀어박혀 있던 신차선녀 하실옥의 비명이었다.

"내가 니들을 어떻게 키웠는데 은혜도 모르고 나를 해치려 드느냐! 안 된다! 정환아, 정욱아! 나를 살려다오! 나를 살려줘!"

온 동네를 깨울만한 비명이 터지고 뭔가가 부서지는 소리, 이어서 죽음과도 같은 침묵이 이어졌다. 침묵이 다음 날 아침은 물론

정오까지 이어지자 마을 사람 몇이 오랫동안 외부인에게 문을 열어주지 않은 그 집에 발을 들이게 했다.

사람들이 발견한 것은 신당 안에서 눈을 뜨고 죽은 신차선녀 하실옥의 시체였다. 신차대장군의 벽화들이 모두 떨어져 나갔는데 그중 풀을 짙게 바른 탱화 하나가 얼굴에 꽉 밀착해 질식사를 일으킨 것으로 보였다. 제단 위에 있던 장군의 등신상도 넘어져 박살이 난 상태였다. 신차대장군이 신차선녀를 떠났다는 상징과도 같은 모습이었다.

그러자 용감하게도 신차선녀를 향해 험담을 하는 사람이 생겨났다. 정환의 죽음을 안타까워하던 고물상 주인의 아내였다.

"악독한 것! 물귀신도 못 죽인 년을 기어이 그 불쌍한 애들이 데려갔나 보네. 천벌받은 거야!"

"간밤의 비명소리가 그거였나? 정환이 정욱이 혼백이 저 벽화를 뜯어 코하고 입을 막았나?"

"불쌍한 애들… 끝내 한을 품고 얼마나 고생이 많았노?"

"둘째 애도 저 할망구가 죽였을 거야. 서울 가서 성공했다더니 뭐하러 돌아와서…."

형제가 살아있을 때 아무 도움도 주지 못한 동네 사람들은 신이 죽고 신의 대리인마저 죽자 참아왔던 욕설을 퍼부어댔다. 나 혼자

욕하는 게 아니라 다 욕한다는 군중효과가 안심보험 역할을 했다. 섭주 사람들, 그중에서도 신차선녀와 가장 가까운 이웃 사람들은 이 결말의 답을 이미 알고 있었다. 인과응보라는 격언이 긴 세월을 거쳐 너무 늦게 이뤄졌음을 직감한 것이다.

그러나 신차선녀가 살아있을 당시, 너무 지독한 고통을 겪은 두 아이들을 알고 있었으면서도 그들은 피하기에만 급급했다. 가해자가 확실히 저 세상으로 가자 비로소 입이 열리기 시작한 것이다.

하지만 바닥에 떨어진 신차대장군의 탱화 하나가 바람에 흔들리고 무섭게 그려진 눈이 자신을 쳐다본다고 생각하자 그들은 즉각 입을 다물었다.